SONHAR SÓ FAZ BEM

UM SONHO QUE SE TORNOU REALIDADE NAS MÃOS DO PROF. SYLVIO SNIECIKOVSKI

"O prof. Sylvio deveria ser o professor honorário da cidade de Joinville, quem sabe de todo o Estado. Ninguém se equipara a ele. O livro é uma lição para aqueles que querem ter sucesso pleno na educação."
Oswaldo Pereira – Iniciador do projeto ETT e professor da UniSociesc.

"Se todos fossem como o mestre Sylvio, o ensino no País seria significativamente melhor. Um professor por vocação, não por obrigação. Sempre disse: 'Quem passou pela ETT vai longe'. E, sem sombra de dúvida, este livro mostra isso."
Mario Krüger – Conselheiro da Schulz e da UniSociesc.

"A Sociesc é um sonho em constante desenvolvimento. O prof. Sylvio sempre foi referência na minha vida pessoal e profissional. Mesmo nas maiores divergências, sempre houve respeito, e aprendíamos muito um com o outro."
José Maria Melim – Ex-diretor-geral da ETT.

"Professor Sylvio: paixão sincera pela educação."
Sandro Murilo Santos – Reitor da UniSociesc.

SONHAR SÓ FAZ BEM

UM SONHO QUE SE TORNOU REALIDADE NAS MÃOS DO PROF. SYLVIO SNIECIKOVSKI

FRANCISCO BRITTO

Minha Editora

Minha Editora é um selo editorial da Editora Manole

Capa e projeto gráfico: André E. Stefanini
Diagramação: Luargraf serv. gráficos Ltda.

Dados Internacionais de Catalogação na Publicação (CIP)
(Câmara Brasileira do Livro, SP, Brasil)

Britto, Francisco
Sonhar só faz bem : um sonho que se tornou realidade nas mãos do prof. Sylvio Sniecikovski/ Francisco Britto. – Barueri, SP: Minha Editora, 2014.

ISBN 978-85-7868-193-7

1. Educação profissionalizante – Santa Catarina – História 2. Ensino técnico – Santa Catarina – História 3. Sniecikovski, Sylvio 4. SOCIESC – Sociedade Educacional de Santa Catarina - História
I. Título.

14-11273 CDD-370.981

Índices para catálogo sistemático:
1. Brasil : Educadores : Homenagem 370.981

1ª Edição – 2014

Editora Manole Ltda.
Avenida Ceci, 672 – Tamboré | 06460-120 – Barueri – SP – Brasil
Tel.: (11) 4196-6000 – Fax: (11) 4196-6021
www.manole.com.br | info@manole.com.br

Impresso no Brasil | *Printed in Brazil*

Este livro contempla as regras do Acordo Ortográfico da Língua Portuguesa de 1990, que entrou em vigor no Brasil em 2009.
São de responsabilidade do autor as informações contidas nesta obra.

SUMÁRIO

AGRADECIMENTOS

A Sandro Murilo Santos, pela confiança e pelo empréstimo de sua tese de doutorado, que foi um excelente guia e uma fonte fiel de informações.

A Giane Bracelo, representante da UniSociesc na condução deste projeto, por ter me encontrado, me convidado a participar desta obra e por ter dividido comigo grande parte da jornada para a construção deste rico conteúdo, acompanhando entrevistas, dando uma de "detetive", buscando fatos, fotos em arquivos empoeirados.

A meus sócios e colaboradores, que conviveram bem com a minha "ausência temporária" durante os meses de produção deste conteúdo.

A minha família, que teve paciência com um cidadão constantemente à beira de um ataque de nervos.

AGRADECIMENTOS ESPECIAIS

Meu muito obrigado a todos aqueles que, direta ou indiretamente, facilitaram a realização desta obra.

A secretárias, assistentes e assessores, esposa, filhos, enfim, a todos que entenderam a importância dos pleitos e procuraram atendê-los da melhor maneira possível.

À esposa do Prof. Sylvio, querida dona Ursula, aos filhos, Silvia e Luiz, que tiveram grande contribuição e responsabilidade na seleção e decisão sobre temas, fontes, depoimentos e fotos.

Aos personagens do livro, que aceitaram dividir seus conhecimentos e opiniões por meio destas páginas, sem os quais este trabalho não teria a menor razão de ser.

A todos aqueles que foram indicados, escolhidos, convidados e que, por uma razão ou outra, não puderam participar desta edição. Mesmo não participando efetivamente, contribuíram, de alguma forma, com nosso conteúdo.

Espero contar com a compreensão de todos aqueles que o grupo de trabalho possa eventualmente ter esquecido de citar, comentar ou lembrar na condução do texto. Creiam que tentaram não fazê-lo. Infelizmente, existe, ainda, uma infinidade de pessoas, fatos e histórias que até podem se perder no passado oficial, mas que, com certeza, estão na memória coletiva.

Ao ex-ministro Marco Antônio Raupp, que, mesmo em meio a uma agenda constantemente atribulada, conseguiu arrumar tempo para escrever o prefácio deste livro.

Um agradecimento ainda mais especial aos alunos e fãs João Pascoal de França, Naum Alves de Santana, Rockson Hagemann, Velci Victor Pezzini, Luiz Alberto Souza e Pedro Ivo Barnack, a Luiz Fernando Bublitz e Roque Antônio Mattei (pelo endereçamento da ideia) e ao prof. Sandro Murilo Santos (pelo patrocínio do sonho).

PREFÁCIO

Quando fui procurado para prefaciar este livro, e ao ter contato com seu conteúdo, fiquei muito à vontade e ao mesmo tempo motivado, pois narra a história de sucesso de um tipo de projeto em que há muito acredito: a boa parceria da iniciativa privada com o Governo no âmbito da educação.

O Brasil é um país rico, mas infelizmente no âmbito da educação ainda há muito a se fazer. O problema enfrentado pela Fundição Tupy, há cerca de 60 anos, continua sendo um problema em vários segmentos da indústria e do comércio. Faltam profissionais capacitados no nível técnico. E a solução está em iniciativas como a da Escola Técnica Tupy, hoje UniSociesc. Solução essa simples e, por isso mesmo, extremamente efetiva.

Sabemos que o Governo não tem medido esforços para solucionar problemas e encontrar caminhos que melhorem, de forma abrangente, o setor da educação. Pesquisas realizadas por diversas fontes na área educacional apontam que um terço dos brasileiros frequentam diariamente a escola (professores e alunos). São mais de 2,5 milhões de professores e cerca de 54 milhões de estudantes matriculados em todos os níveis de ensino. Estes números apontam um crescimento no nível de escolaridade do povo brasileiro, fator esse de grande importância para a melhoria do nível de desenvolvimento de nosso país.

O desafio enfrentado pelos visionários dirigentes da Fundição Tupy e o empenho de pessoas como o prof. Sylvio Sniecikovski, que conseguiram viabilizar os primeiros anos do projeto, e o trabalho de sustentação e evolução, hoje tocado pelas mãos de talentos como Sandro Murilo Santos – Reitor da Universidade –, provam que é possível fazer.

O nosso Brasil precisa de mais exemplos como este.

Espero que a leitura deste livro estimule mais pessoas, empresários e empresas a pensarem em soluções como esta para que possamos melhorar ainda mais as condições de nosso país.

Boa leitura!

Marcos Antônio Raupp
Físico, Matemático e Ex-Ministro de Ciência e Tecnologia

INTRODUÇÃO

Quando a UniSociesc me procurou para fazer a coordenação editorial deste livro, a ideia proposta era ajudar a – de certa forma – registrar o sonho de um educador e a sua luta pela concretização de um visionário projeto de empreendedores de Joinville no final da década de 1950. Claro que, trazendo à tona nomes e histórias que – por senso comum dos envolvidos – tivessem representatividade.

Isso me encantou imediatamente. Muito pelo fato de que dei aula por mais de dez anos, sempre estive ligado ao mundo acadêmico e tenho profunda admiração por quem se dedica a educar. Pois sabemos: não é uma tarefa nada fácil!

Além disso, como diz o dito popular, "sonhar não faz mal a ninguém". A famosa Eleanor Roosevelt, primeira-dama dos Estados Unidos nas décadas de 1930 e 1940 e uma grande defensora dos direitos humanos, pregava que "o futuro pertence àqueles que acreditam na beleza de seus sonhos". A mesma crença permeava a mente do talentoso Walt Disney, criador de personagens inesquecíveis como Mickey, Donald e Pateta e de alguns dos melhores e mais bem equipados parques temáticos do mundo. Disney sempre dizia que "se podemos sonhar, também podemos tornar nossos sonhos realidade". Já para o grande escritor francês Victor Hugo – pegando uma linha, digamos, mais clássica –, não há nada como o sonho para criar o futuro. E é sobre sonhar e criar o futuro que vamos falar.

Não nos importa o autor, a época ou o motivo, mas sim o fato. Um sonho é algo especial, para pessoas especiais. Não falo daqueles sonhos que temos durante a noite, enquanto dormimos "gostosamente". Falo de sonhar acordado, ir além, vislumbrar algo inexistente, mas perfeitamente tangível quando descrito pelo seu sonhador.

No entanto, um ponto é vital para que qualquer sonho se torne realidade: a capacidade de realizá-lo. Muitos, por não terem a energia e a coragem de correr atrás de seus sonhos, morrem sem realizá-los, por mais simples que eles fossem. Perdem-se em seu egoísmo e, pior ainda, não dividem seu sonho com ninguém mais.

Aliás, esse ponto me faz lembrar algo que ouvi de Alair Martins – empreendedor de sucesso, criador do Grupo Martins Atacadista, hoje com um faturamento da ordem de 3,8 bilhões de reais. Num agradável papo em sua casa, em Uberlândia, "seu" Alair – como é conhecido – me disse o seguinte: "Sabe, Britto, para atingirmos nossos objetivos, temos sempre de nos cercar de gente boa e dividir aquilo que sabemos. Tem gente que coleciona selos. Tem gente que coleciona borboletas. Muitos colecionam reclamações. Parece que colecionar coisas faz parte da natureza humana. Eu coleciono bons pensamentos, sugestões interessantes e conselhos. Colecionei muita coisa durante esses meus anos de vida pessoal e empresarial. A diferença é que não retive comigo os ensinamentos garimpados em livros, em ricas conversas como essa nossa, em observações importantes e demoradas. Eu os distribuo todos, pelo tempo afora, aos parentes, aos amigos, aos colaboradores, aos clientes e aos fornecedores. E nem por isso minha coleção minguou. Pelo contrário, quanto mais os distribuo, mais preciosidades chegam à minha coleção". Sabedoria de um homem de pouco estudo que aprendeu com a vida e que, com o auxílio dos filhos – a quem deu toda educação formal possível – e de muitos colaboradores, conquistou seu sonho de menino: ter um comércio de sucesso!

Mas é certo que a concretização de um sonho implica sempre muita determinação, encontrar os parceiros e colaboradores certos e, de certa forma, contar com certa pitada de sorte. Quando me aprofundei no tema do livro, comecei a entender mais e melhor esse sonho de empresários visionários, como o conduzido pelo prof. Sylvio Sniecikovski, e que hoje está nas competentes mãos do reitor Sandro Murilo Santos. Este livro, aliás, segundo informação de fãs do prof. Sylvio, como o querido prof. João Pascoal de França, teria tido sua ideia lançada num jantar de comemoração dos 35 anos da formatura da turma do curso técnico de mecânica (1974-1976). Um grupo que lá estava formado por França, Naum Alves de Santana, Rockson Hagemann, Velci Victor Pezzini, Luiz Alberto Souza e Pedro Ivo Barnack, falando sobre a saudosa ETT (Escola Técnica Tupy), fatos e curiosidades ocorridas se deparou com um desafio: registrar um pouco de tudo isso num livro. histórico narrando a trajetória de sucesso da ETT nas mãos do Prof. Sylvio.

Quando o prof. Sylvio foi questionado sobre a ideia, imediatamente respondeu que só aprovaria na condição de ter o aval da UniSociesc, na pessoa do Reitor Sandro Murilo Santos. Desta forma, a proposta foi levada ao reitor por Roque Antonio Mattei e por Luiz Fernando Bublitz. O Reitor Sandro abraçou a causa para homenagear o Prof. Sylvio e denominou Giane Bracelo para coordenar a o referido projeto, cujo patrocínio integral é da UniSociesc. Em virtude da biografia de Miguel Abuhab ter sido escrita por mim, num estilo descontraído e com curiosidades instigantes, fui convidado a escrever o livro que presta a homenagem ao grande mestre Prof. Sylvio no ano em que a UniSociesc completa 55 anos.

Segundo França, a semente foi lançada, germinou, foi bem regada, cresceu e deu bons frutos. E arremata: sonhar fez muito bem a todos nós.

Fiquei perplexo com as muitas pessoas que, cada uma a seu modo, com diferentes graus de intensidade ou dedicação, contribuíram para a plena realização deste trabalho e que se sentem, é claro, muito orgulhosas em fazer parte dessa conquista, por menor que tenha sido sua participação.

Um sonho verdadeiro. Sem ambição. Algo que se transformou de uma pequena ideia para solucionar uma necessidade momentânea em uma bem-sucedida realidade. Falo da UniSociesc, até pouco tempo Sociesc e, no passado, ETT – Escola Técnica Tupy. Uma entidade criada no final da década de 1950 pela Fundição Tupy, que, à época, era guiada pelo visionário Albano Schmidt.

A ideia de uma escola técnica fora inspirada em uma bem-sucedida experiência da indústria suíça Georg Fischer, situada na região de Schaffhausen. A Fischer, fundada em 1802 para fabricar produtos para a condução de líquidos e gases, à época, já era um modelo em formação profissional técnica em todo o mundo.

A Escola Técnica Tupy nasceu dentro das instalações da fábrica da Fundição Tupy na cidade de Joinville, um município localizado na região nordeste do estado de Santa Catarina, que possui um dos mais altos índices de desenvolvimento humano do Brasil. Além disso, tem uma característica inegável: é uma cidade com DNA empreendedor. Poderia listar aqui uma série de sólidas empresas que ali nasceram das mãos de famílias empreendedoras, estrangeiras, na sua grande maioria descendentes de europeus.

Sabemos que o Brasil é, por excelência, o país do empreendedorismo. Um dos grandes sonhos de muitos e muitos brasileiros, independentemente de gênero, crença ou idade, é ser dono de seu nariz, ter seu próprio negócio.

É infindável a lista de nomes que poderia aqui relacionar de brasileiros que são um marco do empreendedorismo em seus setores, que realizaram um trabalho ímpar na criação de verdadeiros impérios econômicos ou mesmo que tiveram grande sucesso por sua ousadia e criatividade. Ao mesmo tempo, o Brasil é, também, um grande celeiro de talentosos executivos. É igualmente infindável a lista de executivos brasileiros que são sinônimo de sucesso nos cenários nacional e internacional.

A história da UniSociesc reuniu com maestria, durante seu longo caminho, empreendedores, executivos e colaboradores diversos, sempre muito capacitados e, acima de tudo, empenhados, de coração, a fazer com que virasse flor a semente plantada pelo visionário empresário Albano Schmidt. Gente que, no fim das contas, pelo empenho e dedicação, acabou cultivando um grande e florido jardim.

A UniSociesc é hoje a maior instituição de educação, ciência e tecnologia do Sul do país. É reconhecida pela excelência e é referência em educação e tecnologia, atua para o desenvolvimento humano e da comunidade, fundamentada em valores e princípios sólidos: a valorização das pessoas, a responsabilidade social e o reconhecimento da comunidade.

A rede UniSociesc possui o sistema integrado de ensino: fundamental convencional e bilíngue, médio, técnico, prestação de serviços de engenharia/consultoria tecnológica, cursos personalizados para empresas, graduação, extensão, pós-graduação *lato sensu* e *stricto sensu*. São cursos nas áreas de engenharias, ciências sociais aplicadas e ciências humanas. Além disso, proporciona soluções inovadoras em educação a todo país, por meio da educação a distância.

É composta por sete *campi*: Joinville (Marquês de Olinda e Boa Vista), Blumenau, São Bento do Sul, Balneário Camboriú, Florianópolis e Curitiba. Além disso, há mais três unidades de ensino, uma no condomínio empresarial Perini Business Park em Joinville, uma em Itajaí e outra em São José.

A relevante contribuição ao desenvolvimento científico e tecnológico caracterizam a UniSociesc como uma das maiores escolas de engenharia e gestão do Brasil.

Este é o objetivo deste livro: mostrar que a união faz a força, mas que, para isso, são necessários líderes visionários, tomadores de risco e despojados de vaidades. Gente que quer ver a coisa acontecer, sem se preocupar com os lucros resultantes disso. Gente honesta, trabalhadora, com senso cívico e responsabilidade social. Gente rara!

A ideia central foi reunir e publicar uma espécie de memória que conseguisse mostrar, com qualidade e fidelidade, pessoas e fatos, sucessos e insucessos, curiosidades e tudo o mais, como a UniSociesc se tornou uma referência nacional e internacional no competitivo mercado da educação e tecnologia.

O meu foco neste projeto editorial sempre foi não fazer deste mais um clássico livro histórico ou biográfico, mas sim trabalhar com um grupo de pessoas na criação de uma obra viva, orgânica, que auxilie no desenvolvimento de jovens, que possa ser uma excelente leitura sobre o mundo dos negócios no âmbito da educação, ou ainda que permita entender mais e melhor a paixão e o espírito empreendedor de talentos espontâneos como o prof. Sylvio Sniecikovski, inspirador e personagem central desta obra.

O professor é um homem que, pela realização de um sonho, criou um personagem. Isso mesmo, um Sylvio que criou um prof. Sylvio. Um "mestre", como é chamado por muitos, cuja modéstia é uma centena de vezes maior do que sua obra. Em suas muitas sessões de entrevistas comigo, o prof. Sylvio pouco fazia uso da primeira pessoa. Sempre preferia se referir a fatos e a conquistas citando aqueles que, como um grande time, estavam lá para fazer o gol. Exceção feita quando me contava sobre suas famosas pescarias ou sobre o carinho por dona Úrsula – sua companheira de jornada – ou, ainda, sobre seus filhos e netos.

Vamos, juntos, percorrer a estrada aberta com muita persistência e suor por pessoas como o prof. Sylvio, alunos pioneiros, um sem-número de educadores e empresários e mais um exército de apaixonados colaboradores, que até hoje carregam essa bandeira. Gente que sempre soube a diferença entre educar e formar. Segundo o dr. Mario Krüger, hoje membro do Conselho de Administração da Schulz (presente em mais de 70 países, com posição de destaque nas áreas de compressores e automotiva), o bordão da ETT sempre foi e sempre será: "Quem passa por lá vai longe".

Sendo assim, procurei, com a ajuda dos filhos do prof. Sylvio, organizar esta viagem para você, leitor, com diversas paradas não rigidamente escolhidas ou elencadas, que seguem uma cronologia não necessariamente lógica, mas sim numa organização que permite a todos entender, refletir, divertir-se, entristecer-se, espantar-se... Enfim, viver um pouco dessa linda viagem pelo tempo, sentindo seus mais variados aromas, sabores e temperaturas.

Boa viagem! Boa leitura!

NECESSIDADE E CRIATIVIDADE

A IDEIA BEM-SUCEDIDA DA FUNDIÇÃO TUPY

Diz o ditado popular que a necessidade é a mãe da criatividade. Mas criar e ter ideias, sonhar com algo maior, que venha suprir uma necessidade ou oportunidade implica também ação para torná-la real, palpável. Ou seja, para realmente se criar algo útil, com gosto e satisfação, é necessário, por assim dizer, em alguma medida, um pai ou padrinho.

No final da década de 1950, o Brasil vivia o início do que fora popularmente chamado de "anos dourados". Que gostosa saudade! Um período de transição entre o rescaldo das guerras e os processos de mudança comportamental e tecnológica.

Foi nessa década que o Brasil conquistou sua primeira Copa do Mundo, que surgiu a bossa-nova no Rio de Janeiro e que os cientistas descobriram o DNA. O presidente Juscelino Kubitschek inaugurava o Palácio da Alvorada, que passaria a ser residência oficial da presidência. Caio de Alcântara Machado inaugurava a primeira – de sua enorme série de sucessos – Feira Nacional da Indústria Têxtil (Fenit). Tudo bombava! Era um desenfreado *rock'n'roll* nacional, em que todos dançavam freneticamente a música dos bons tempos.

A indústria de Joinville, como não poderia deixar de ser, vivia também um período dourado. No início da década de 1960, a cidade já contava com cerca de 100 mil habitantes – e, só como curiosidade, com uma frota de cerca de 60 mil bicicletas. Muitas fábricas por lá se instalavam e, como a economia brasileira, de modo geral, ia muito bem, cresciam as demandas de todos os tipos de produtos e serviços, mas principalmente da metalurgia. Todos sabiam que já faltava, e que faltaria ainda mais, mão de obra especializada e qualificada para atender às necessidades de um mercado aquecido.

Inquietos com a situação e com as preocupantes perspectivas que se apresentavam, os sócios dirigentes da já famosa e bem constituída Fundição Tupy resolveram, de forma artesanal, improvisada mesmo, dar início, dentro da própria fábrica, a uma pequena escola técnica. Para isso, faziam uso de seu próprio conhecimento, e os professores, nesse primeiro momento, eram alguns experientes colaboradores da Fundição, como o prof. Oswaldo Pereira, primeiro professor da ETT.

Quadro-negro, compasso, papéis e mão na massa

O princípio de tudo. É assim que Oswaldo Pereira resume a história.

Meu bate-papo com o Oswaldo se deu no magnífico escritório da *holding* de outro conhecido aluno da ETT, Décio da Silva, da WEG. Oswaldo parece não ter reduzido o ritmo de trabalho ou parado de trabalhar. Depois de nossa entrevista, já tinha uma viagem marcada, e um carro esperava por ele. Mesmo assim, falou com firmeza, eloquência, citando fatos e dados que mostravam, mais do que uma bela memória, uma carinhosa lembrança. Preocupou-se, o tempo todo, em dividir as glórias. Muitos foram os elogios a pessoas que estavam a seu lado durante toda a jornada. Ele, de certa forma, foi uma espécie de chama interna do que viria a ser a ETT. Ele explica que trabalhou da semente ao pomar e que hoje se enche de alegria quando nota os enormes frutos que essa iniciativa deu, mas disse também que se preocupa, até certo ponto, com o futuro desses frutos.

Nascido em 1934, é natural de Jaraguá do Sul, cidade próxima de Joinville, e que fica a pouco mais de 180 km da capital, Florianópolis. Jaraguá é a quinta maior economia do estado, atrás de Joinville, Blumenau, Florianópolis e Itajaí, além de forte núcleo industrial, que abriga algumas empresas gigantes como WEG, Marisol, Metalúrgica Menegotti, Arroz Urbano, Malwee, entre outras.

Entre os anos de 1956 e 1958, Oswaldo, atendendo a um misto de pedido com iniciativa própria, loucura com visão ou sabe-se lá o quê, deu os primeiros passos – sempre com o apadrinhamento do dr. Raul Schmidt, sócio e diretor da Tupy – em direção a algumas atividades de ensino de desenho técnico, arte que domina até os dias de hoje como se fosse um pequeno e privado liceu de artes. Vieram, com o tempo, pouco a pouco, outros importantes itens, como o desejado quadro-negro, giz, papéis maiores para desenhos mais sofisticados e técnicas mais evoluídas. Isso foi sem sombra de dúvida uma semente da futura ETT.

Oswaldo dava as aulas na hora do almoço, quase que escondido. A sugestão de usar esse horário fora feita pelo dr. Raul, por se tratar, ainda, de uma pequena experiência que não se sabia onde poderia dar. Dessa forma, as aulas não interferiam no andamento da Tupy. Segundo Oswaldo, era ao mesmo tempo um sacrifício e um enorme prazer secreto. Naquela época, a turma nem chegava a uma dúzia de privilegiados; porém, todos eram muito dedicados. Era um laboratório, no alojamento, não pensando sobre como fazer uma escola técnica, conduzida por técnicos.

SÓ PODERIA SER A TUPY!

UMA IDEIA TÃO OUSADA E DESAFIANTE PRECISAVA TER BASES SÓLIDAS

A história da Fundição Tupy se confunde com a história da industrialização do Brasil e da cidade de Joinville, colonizada a partir da segunda metade do século XIX por imigrantes europeus, a maioria de origem germânica. Albano Schmidt, Hermann Metz e Arno Schwarz fundaram a Tupy em 9 de março de 1938. E, claro, eram descendentes desses grupos de imigrantes. Albano era o "homem de negócios"; e seus sócios, técnicos que já se dedicavam a fabricar artefatos de ferro, utilizavam conhecimentos rudimentares de fundição.

O interessante é que, dez anos antes de a Tupy existir, Albano havia desafiado seus companheiros de turma a "descobrir a fórmula do ferro fundido maleável", utilizado na fabricação de conexões, então conhecidas no país apenas pela importação. À época, não se contava com sofisticados recursos de laboratório ou com manuais que dessem algum indicativo de como chegar à fórmula dessa liga – originalmente descoberta em 1630, na Inglaterra –; tudo era feito na raça, na base de tentativa e erro, até que, em 1935, obteve-se a composição certa.

Três anos depois, nas mesmas instalações de uma antiga oficina existente no centro da cidade, as primeiras conexões com a marca Tupy começaram a ser fabricadas. Em 1941, já recebiam o atestado de similaridade, o que significava que eram semelhantes às estrangeiras. Uma grande conquista para a empresa, empresários e técnicos.

Enquanto as conexões ganhavam mercado em todo o país, e a Tupy despontava como líder em vendas, Albano Schmidt planejava a construção do que viria a ser o parque industrial do Boa Vista, para onde a Tupy começou a ser transferida em 1954. A mudança acabou dando início ao próprio bairro, hoje um dos mais populosos de Joinville, e a primeira unidade de fundição, com capacidade, à época, para 3 mil toneladas ao ano, logo transformou a Tupy na maior empresa do estado de Santa Catarina.

Albano Schmidt nasceu em 1900, no dia 25 de julho, e frequentou a Deutsche Schule, escola alemã, onde se revelou um de seus mais brilhantes alunos. Concluídos os estudos, Albano ingressou na Arp & Cia. Rapidamente foi chamado para a matriz da empresa, no Rio, onde desempenhou importantes funções gerenciais. Retornou a Joinville em 1924 justamente para dirigir a pequena Enterlein, Keller & Cia., empresa que foi crescendo sob sua administração até se transformar na Fundição Tupy, em março de 1938.

Ele, que fora uma espécie de pai do projeto ETT, morreu cedo, em 1958, e a presidência da empresa foi assumida por seu filho, Hans Dieter Schmidt, então com 26 anos. De certa forma, o jovem Dieter já era apontado como um sucessor natural.

A empresa, nessa época, já era grande para os padrões do país, contando com cerca de 1.600 colaboradores. Dieter também era um homem com DNA para os negócios, de ideias arrojadas e visão empreendedora. A escola técnica foi idealizada, então, na geração Albano, mas foi Dieter que, em 1959, a efetivou, com o objetivo de qualificar mão de obra local para fazer frente aos desafios que, acreditava ele, a indústria automobilística com certeza traria à região. Ele havia dispensado tempo e atenção ao tema da educação técnica durante uma longa viagem à Europa, em que esteve na Fischer, e voltara com a certeza de ser esse o caminho para sua indústria.

O primeiro grande contrato para produção de peças automotivas já havia sido firmado pela Tupy para a produção de tambores de freio para a Volkswagen, recém-chegada ao Brasil.

"No início, a escola técnica era apenas uma sala improvisada no alojamento, papéis, algumas poucas ferramentas, nenhuma metodologia e muita vontade de ensinar...", recorda Oswaldo Pereira, primeiro professor e iniciador da ETT.

Dieter e Raul, empenhados em fazer uma escola de futuro, contratam dois profissionais de excelência em suas áreas: Sylvio Sniecikovski, para a direção administrativo-financeira e para lecionar matemática, física e desenho; e J.J. Puls, químico industrial, para a direção técnica. A eles, pouco a pouco, juntaram-se nomes de vital importância, tais como Mariano Costa, Theo Fernando Bub, Mario Parucker, Victor Hugo Michel, Adil Calomeno, Ênio Heinen, Ernesto Tinoco de Souza, José Hofbauer, Mário Eugênio Boehm, Raulino Rosskamp, José Maria Gomes, Eduardo Miers e Henry Schmalz, entre outros tantos brilhantes colaboradores.

Se olharmos, hoje, o Código de Conduta da Tupy, podemos observar que os fundamentos que os levaram a criar um projeto como a ETT sempre estiveram associados a uma forma holística de se ver o negócio.

O documento, recém-atualizado, traz como orientadores de conduta os seguintes pontos:

- Todos devem ser tratados com respeito e dignidade.
- As lideranças devem ser um exemplo de comportamento ético para toda a empresa, reconhecer méritos de cada pessoa e propiciar igualdade de desenvolvimento profissional, segundo valor e contribuição de cada um.
- No ambiente de trabalho, deve-se agir com espírito de equipe, comprometimento, lealdade e dignidade, respeitando-se as características individuais, independentemente da área ou setor, visando-se criar um excelente clima organizacional.

A relação com a educação e o ensino sempre foi marca da Tupy. Quando ainda estava à frente da Tupy, Raul Schmidt, sobrinho do fundador, um dos maiores incentivadores da ETT, disse, em entrevista dada em 1988 à *Sala do Empresário*, que o treinamento constante vinha sendo a base de sua administração, descentralizada e profissionalizada, apesar de ser uma empresa familiar. Para ele, o lucro não poderia estar desvinculado da responsabilidade social e da administração eficiente dessa responsabilidade. Segundo Raul, isso é que fez com que o Grupo Tupy investisse muito em educação, inclusive fora de seus portões. Essa realimentação constante permitiu o crescimento e também a diversificação do grupo.

Os ousados empreendedores da Tupy foram os responsáveis pela semente da ETT – Escola Técnica Tupy –, sigla também traduzida por professores e alunos como Estudo, Trabalho e Técnica. Uma instituição de ensino que cresceu muito, soube evoluir, mas nunca perdeu o seu compromisso com o que fora jurado por sua primeira turma de formandos no final de 1962, juramento este que veremos mais adiante.

A primeira turma se formou nos tradicionais salões da Sociedade Harmonia-Lyra e teve como paraninfo o dr. Dieter Schmidt, presidente e diretor da Fundição Tupy, para um reduzido grupo de apenas quatro formandos, dos quais os dois primeiros aqui citados infelizmente já falecidos: Irineu Dressel, Waldemar Merkle, Jacob Reimer e Berend Snoeijer.

Berend, hoje professor da UFSC, em conversa comigo por telefone, colocou que o prof. Sylvio sempre foi um exemplo, um ícone, um modelo de formação. Poucas ou, até arriscaria dizer, nenhuma pessoa via a educação num sentido tão completo da palavra como ele. Formar o ser e educar o homem, esse era o espírito! Segundo Berend, Sylvio era um homem rígido, sim. Passava muitas vezes do ponto, na opinião de alguns alunos, mas sempre o fazia com elegância e de forma plenamente justificada. Nunca uma orientação, exigência ou determinação fora inútil ou em vão. Segundo Berend, o prof. Sylvio tinha até seus momentos de descontração, mas sempre sem perder a pose. "Sylvio era o nosso líder, nosso exemplo. Não poderia nunca se deixar levar pela imaturidade de seus alunos e ser apanhado de surpresa...", lembra ele.

Jacob Reimer, também aluno da primeira turma, que dedicou vida e carreira à Tupy, entende que, desde o início, a ETT já se colocava como uma escola diferente, pois tinha um processo seletivo rígido: os alunos iriam aprender algo que realmente usariam no mercado de trabalho, ganhariam por isso e seriam valorizados na comunidade. “O que mais um menino e sua família poderiam querer àquela época?”, enfatiza Reimer.

Alguns dos nomes sempre citados dessa fase inicial são o do engenheiro Mario Parucker na química, do engenheiro Herbert Schwartz na siderurgia, do engenheiro Vitor Hugo na geometria descritiva, entre tantos outros que, a seu modo e com sua dedicação, deixaram suas marcas na instituição.

Reimer ingressou na escola em 1959. “De início, aulas às terças e às quintas pela manhã eram de matemática e física, ministradas pelo prof. Sylvio, e as de desenho técnico eram dadas pelo prof. Oswaldo. O resto do tempo de curso era na fábrica, na prática, entendendo como se faziam as diversas partes de um automóvel em suas diversas fases de produção...”, lembra Reimer.

Na formatura dessa primeira turma, composta inicialmente por 10 alunos, o texto de juramento proferido, à época, pelos quatro aprovados deixa claro o espírito de comprometimento cívico e responsável da iniciativa.

O Juramento

PROMETO que, no exercício da profissão de técnico metalúrgico, cumprirei os deveres que dela emanam, assumindo – fielmente – suas responsabilidades decorrentes;

PROMETO envidar todos os meus esforços, objetivando, além da elevação moral, o aprimoramento técnico-cultural de nossa gente;

PROMETO, outrossim, colaborar com todo o meu idealismo para o progresso da metalurgia, visando ao desenvolvimento econômico e social do Brasil.

Correio Tupy, 24 de dezembro de 1962.

Esses quatro formandos aprenderam muito na ETT, mesmo tendo sido quase que "cobaias" de um experimento até certo ponto incerto naquele momento. A esses quatro formandos foi ofertada, pela Tupy, a título de reconhecimento e prêmio, uma bolsa integral de estudos para todo o curso de engenharia. Dos quatro, três decidiram por continuar os estudos, formando-se em metalurgia, química e mecânica. Jacob Reimer seguiu, por anos, belíssima carreira como engenheiro. Já Waldemar Merckle, ao se formar em química, optou pela volta a Tupy. Berend Snoeijer, após se formar em mecânica, retornou à Europa para realizar cursos de pós-graduação e doutorado e integra hoje o quadro da UFSC.

Outros dois que não podem ser deixados de lado são os professores Mariano Costa e João Lopes. Mariano Costa exerceu várias funções e papéis, além de professor de português. Uma grande contribuição de Costa foi a coautoria do famoso hino da escola, musicado pela professora Vany Knoll.

Só como curiosidade, no início da década de 1960, Joinville ainda não tinha escola de música. Então, para se formar musicista, um dos caminhos era estudar em Curitiba, enfrentando mais de quatro horas de viagem por uma estrada muito precária. E foi essa dura rotina que Vany Knoll, hoje com mais de 75 anos, enfrentou para se formar em música no ano de 1963. Como ela não queria que outras pessoas passassem por isso, fundou em Joinville, em 1968, o conservatório musical que leva seu nome. No final de 2013, sua escola celebrou 45 anos de existência, acentuando ainda mais o gosto da população pela música.

O hino, em seu estribilho, já refletia, no início da década de 1960, o que viria a ser a ETT. Eis o estribilho do hino:

Teu ensino, glorioso templo,
Para sempre havemos de recordar,
Altaneira Tupy teu exemplo,
O Brasil deverá projetar.

De certa forma, este pequeno estribilho anunciava a todos que a ETT era muito mais do que imaginavam seus idealizadores. Para isso, grandes nomes tinham de estar presentes.

Exemplos como o prof. Theo Fernando Bub, que segundo vários ex-alunos e companheiros sempre será lembrado pelos exemplos de caráter, integridade, sinceridade e honestidade. João Pascoal de França, ex-aluno da ETT e ex-professor, descreve o prof. Theo como alguém que sabia ouvir, que sempre conversava olhando nos olhos. Exigente de uma obediência severa aos princípios éticos e profissionais da ETT, o prof. Theo tinha grande ciúme do alojamento. Era ele que fazia a inspeção diária todas as manhãs. Os alunos internos tinham a obrigação de manter os quartos bem limpos e organizados. Deslizes eram punidos com suspensão ou até mesmo expulsão.

França lembra ainda que o prof. Theo era um disciplinador na amplitude total da palavra. Cobrava postura, cabelos e barbas bem-feitas de todos os alunos. Mesmo com essa postura espartana, o prof. Theo era atencioso com todos e muito preocupado com os alunos mais carentes.

França reforça que o prof. Theo contribuiu com muita dedicação para a transformação e para o crescimento de milhares de jovens-cidadãos que tiveram garantia de formação técnica com orientação ética.

Um outro nome que também se sobressai é o do prof. Mariano Costa. Segundo o próprio prof. Sylvio, Mariano fora um dos melhores professores de português do Colégio Bom Jesus. Era, acima de tudo, um educador completo. Esse esforço e dedicação foram algumas das razões para que fosse convidado a integrar a ETT, como professor, coordenador de ensino do Ginásio Industrial e responsável pela secretaria da Escola. Sempre fora um líder, irradiando energia para toda a comunidade escolar e fortalecendo o conceito da ETT como uma escola de excelência. Foi um dos colaboradores importantes na construção de conceitos tais como "Estudo-Técnica-Trabalho" e "Quem passa pela ETT vai longe". Foi um dos principais responsáveis pelo já citado hino da escola. Junto com o prof. Bub foi o responsável pela realização das sessões cívicas semanais e mensais. Mariano foi homenageado pela cidade de Joinville que, na gestão de Wittich Freitag, atribuiu seu nome à Escola Municipal CAIC Professor Mariano Costa em 1994.

O prof. João Lopes, um outro exemplo de época, era conhecido por suas aulas de educação física, e segundo vários alunos com quem conversei, sempre foi muito mais do que um simples professor. Era rigoroso, cobrava bastante e seus treinos puxados eram equiparados até aos treinos militares.

Sempre foi visto como um homem de expressão séria, mas de sorriso largo, serenidade no olhar e, acima de tudo, dono de um enorme coração. Educador de extrema qualidade e dedicação, foi precursor da inclusão de pessoas com deficiência nas práticas de educação física e sempre reteve atenção à ginástica laboral, tão importante no ambiente industrial. Por atitudes como essa, seu nome foi atribuído à quadra poliesportiva de uma escola municipal no bairro Fátima, em Joinville. Exemplos como estes não faltam na trajetória de sucesso do projeto.

Mas o dr. Dieter – como era chamado – não sossegava. Ao ver que a semente da ETT estava florescendo, deu início à Escola Primária Tupy, numa ação que envolvia as Irmãs Canossianas. A vida espiritual das Filhas da Caridade Canossianas – talvez menos conhecidas por uma grande maioria, assim como as de Santa Madalena de Canossa – é focada num caminho permanente de amor e de conformação ao Cristo crucificado. Foi por meio dessa contemplação do "Maior Amor" de Cristo na Cruz e da meditação de sua vida que as Irmãs aprenderam a se doar totalmente a Deus e aos irmãos e irmãs, "os mais necessitados", na prestação de diversos serviços, sempre com amor. Neste caso, a visão empreendedora de Dieter, unida à espiritualidade das freiras, formava uma receita de pleno sucesso.

No final de 1962, com a conclusão da primeira turma e iniciadas as obras para a construção da escola física, mais uma vez Dieter toma uma importante decisão empresarial para a ETT. Ele cria a Sociedade Educacional Tupy, desvinculada da empresa, de caráter civil e filantrópico, a quem passa o patrimônio da escola. Eram seus fundadores praticamente todos acionistas e diretores da Tupy. Vasculhando a documentação da escola, encontramos o Termo de Abertura da Sociedade Educacional Tupy, assinado em 29 de outubro de 1962, na sala da Biblioteca da Fundição Tupy, mas registrado em cartório somente nos meados de 1963. No ato de constituição, foi eleito pelo grupo o dr. Dieter Schmidt para presidente do Conselho, o dr. Raul Schmidt para tesoureiro e o dr. Wolfgang Voigt para secretário.

Havia outros cargos, porém o mérito do encontro foi o de dar vida própria à instituição, pelo menos do ponto de vista jurídico. Tratava-se de um início bastante embrionário de princípios de governança, respeito e preocupação com o futuro. Não se tratava mais de uma iniciativa privada, mas, sim, de algo público que estava sendo ofertado à cidade, ao estado e – por que não? – ao país.

Essa rígida formação que ultrapassava os limites do pessoal e do educacional, o rigor nas avaliações, as exigências dos professores, que em sua grande maioria já eram profissionais tarimbados, a inserção e a incorporação dos valores éticos da Tupy levaram a ideia ao reconhecimento nacional por meio de classificação especial como modelo de escola técnica de segundo grau.

Com cerca de quatro anos em operação, o sonho, a ETT, começava a se transformar numa realidade cada vez mais acertada.

O ACORDO ALEMÃO!

A IMPORTANTE AJUDA ALEMÃ NA REALIZAÇÃO DO SONHO

Depois de quase dez anos de existência, a insistência, a criatividade e o empenho da direção da Tupy e dos demais empresários locais conseguiram despertar a atenção do governo alemão para o projeto ETT. Um acordo básico de cooperação técnica firmado no final de 1967, que perdurou até 1971, levou a ETT a uma velocidade de crescimento e a um padrão de excelência de qualidade na educação. Em 1962, o governo alemão cria um ministério específico para cooperação econômica, o BMZ. O Banco Alemão para a Reconstrução – KFW, em Frankfurt, assumiu a tarefa de cooperação financeira.

O acordo, também popularmente conhecido como "acordo do café", regia que o Brasil receberia da Alemanha, como pagamento às exportações de café brasileiro de qualidade, máquinas e equipamentos para o ensino profissionalizante industrial. Equipamentos esses que, estima-se, valiam mais de 1 milhão de marcos à época. Toda a confiança alemã vinha do empresariado envolvido com o projeto e, é claro, da plena atividade que a ETT já mostrava. Os apoiadores alemães ficaram tão entusiasmados com o modelo criado na Tupy que desembarcaram em Joinville, em 1968, com equipamentos e, melhor, com quatro grandes especialistas. Os quatro engenheiros permaneceram na escola até 1971, o que foi de extrema importância para o pleno entendimento e uso das máquinas e itens de laboratórios enviados, que se tratavam de novidades tecnológicas até para eles.

Os quatro homens deixaram suas marcas na história da ETT, de Joinville e do empresariado. Eram eles: o metalurgista dr. Franz Xaver Roll, um nome reconhecido nos meios científicos em toda a Europa, e mais três técnicos de nomes Hans Wimmer, Bruno Spiess e Alois Hewel. A missão dos alemães era, além de montar os equipamentos e ensinar a usá-los, fazer, na ETT, uma reestruturação técnica e uma revisão completa das cargas curriculares, fazendo uso do conhecimento europeu que detinham e da conhecida meticulosidade alemã.

A ETT se transformou em modelo de cooperação com a Alemanha pela forma transparente e profissional com que fora manejada. Mais tarde, verificou-se que os equipamentos vindos da Alemanha eram tão evoluídos que foram usados pela própria Tupy, em tempos difíceis, para testes de materiais, calibragens precisas, construção de moldes e até para certos desenhos industriais. A química gerada pelas caipirinhas, bons churrascos e por doses do jeitinho brasileiro parece ter sido benéfica aos alemães.

Alavancagens como essa permitiram que a ETT do passado seja hoje a UniSociesc. Isso tudo porque as promessas em torno do projeto sempre foram e continuam sendo cumpridas.

Segundo o prof. Sylvio Sniecikovski, os predicados, a construção e os alicerces da ETT, construídos com atenção por toda a equipe, sempre foram:

- Proposta pedagógica: formar técnicos com domínio e conhecimento, do saber fazer com competência, com responsabilidade, do saber conviver no grupo social, respeitando os direitos individuais, do saber cumprir os deveres e direitos de cidadania, do ser pessoa de caráter integro. Em síntese, formar o profissional competente e fazer dele um cidadão responsável.
- Cumprimento da proposta pedagógica por meio de ensino prático, realizado em oficinas e laboratórios bem equipados, sob a responsabilidade de professores com ampla vivência profissional, em condições idênticas ao sistema produtivo, complementado nas dependências da Fundição Tupy.
- Cumprimento da proposta pedagógica pela ministração das aulas teóricas de cultura geral e técnica, por professores educadores conhecedores do conteúdo programático, com orgulho, dedicação, competência, coração, comprometimento, inclusive com aulas de reforço, quando necessário.
- Cumprimento da proposta pedagógica por meio do ambiente escolar irradiador do ensinar, do educar, do aprender, da ordem, do respeito, do trabalho, tudo em somatório focado no ALUNO, na sua formação global, como técnico competente e cidadão responsável.
- Proposta pedagógica construída por equipe de professores, engenheiros com vivência de fábrica e empresários. Também responsável pela grade curricular, em obediência às normas do MEC, construída com os complementos necessários. Igualmente responsável pelo conteúdo do programa de cada disciplina. Coube a esta equipe de

professores e especialistas construir "o que ensinar" e o "como ensinar".

- A proposta pedagógica em sua dinâmica do dia a dia envolve o aluno com estudos na escola e em casa, e verificação permanente da aprendizagem, com estudos complementares quando necessários. Resultante é a formação global do ALUNO como técnico e cidadão, com a competência do Conhecimento, do Saber Fazer com Responsabilidade, do Saber Ser e do Saber Conviver.
- Cumprimento da proposta pedagógica pelas atividades de educação física, significando no somatório o cuidar da formação global do aluno, formação do seu corpo, da sua mente, do seu caráter.
- E com este fazer com competência, coração, comprometimento é que formavam-se os Técnicos-Cidadãos na ETT, com portas abertas, além das fronteiras de Joinville, Santa Catarina e Brasil.

Esses conceitos, entre outros, permitiram que hoje essa sonhada ETT seja um complexo educacional, cultural e tecnológico, presente em Joinville, Blumenau, São Bento do Sul, Balneário Camboriú e Florianópolis, em Santa Catarina, e em Curitiba, no Paraná.

Atua no ensino fundamental, fundamental bilíngue, médio, técnico, de graduação, pós-graduação *lato sensu* e *stricto sensu* (especialização e mestrado reconhecidos pela Capes), cursos de extensão e de capacitação empresarial. Atua ainda na modalidade de ensino a distância para todo o Brasil. Além disso, oferece serviços de engenharia, consultoria e gestão para o desenvolvimento de novas tecnologias para empresas nacionais e internacionais.

Todos os serviços são oferecidos a partir da moderna infraestrutura com laboratórios nas áreas de metrologia, química e mecânica, por meio das áreas de gestão tecnológica & pesquisa e desenvolvimento, ferramentaria, fundição e tratamento térmico. A entidade possui ainda sistema de gestão da qualidade, que atende aos requisitos da norma NBR ISO 9001, devidamente certificada pelo BV – Bureau Veritas. De poucos técnicos que lecionavam no início, a UniSociesc conta hoje com cerca de 615 professores e uma equipe que, no total, chega à casa de quase 1.300 colaboradores.

Não faltam reconhecimentos externos, das mais variadas naturezas. Reconhecimentos como o Prêmio Educador Elpídio Barbosa, pela qualidade do ensino médio e técnico; a recente certificação do I.B. World School à Escola Internacional Sociesc, única em Santa Catarina, com a tripla diplomação reconhecida mundialmente; a homenagem do grupo alemão GTZ com um capítulo do livro intitulado *Do torno à universidade*, pela ocasião dos 40 anos de cooperação Brasil-Alemanha; a homenagem com distinção da Associação Catarinense de Engenharia pelo maior índice de avaliação do MEC nos cursos de Engenharia Elétrica e Civil; a conquista do primeiro lugar no Prêmio Stemmer de Inovação 2012 para Instituições de Ciência e Tecnologia de Santa Catarina, concedido pela Fundação de Amparo à Pesquisa e Inovação de Santa Catarina – Fapesc, e dois prêmios seguidos Top of Mind. Hoje, aquilo que fora a ETT, recentemente batizada de UniSociesc, está entre as melhores instituições do país e em primeiro lugar da

Região Sul na categoria Instituição de Ciência e Tecnologia. A valorização da UniSociesc pela Finep é o reconhecimento pelo trabalho da instituição na área de inovação tecnológica no âmbito nacional.

A UniSociesc coordena no Brasil uma das redes do Sibratec, ou seja, a rede de laboratórios para o setor de transformados plásticos da qual o IPT-SP (Instituto de Pesquisas Tecnológicas de São Paulo), o Tecpar (Instituto de Tecnologia do Paraná) e a UfsCar (Universidade Federal de São Carlos) fazem parte. A instituição também participa da rede nacional de laboratórios de metrologia para apoio ao setor metalomecânico.

O Sibratec tem como objetivo melhorar a competitividade da indústria brasileira com a sistematização do apoio às estratégias empresariais de inovação tecnológica por meio de centros de inovação, laboratórios que prestam serviços às empresas, como metrologia, análises de materiais e serviços de extensão tecnológica, que levam tecnologia para as pequenas e médias indústrias e estão na cadeia de fornecedores dos setores estratégicos. O funcionamento está baseado no conceito de economia de redes e oferece serviços de pesquisa e desenvolvimento (P&D) às empresas. Assim, obtém eficácia nos objetivos e eficiência no uso de recursos.

Cerca de cem pessoas da UniSociesc estão envolvidas direta ou indiretamente com o Sibratec. A instituição é uma referência nacional em extensão tecnológica. Participar do esforço de qualificação de pessoas para a pesquisa e o desenvolvimento requeridos pela competitividade empresarial, como já foi dito, está no próprio DNA da instituição. Prêmios não faltam e não faltaram a uma instituição que acima de tudo prima pela inovação e pela qualidade.

PARA ENTENDER A HISTÓRIA É PRECISO CONHECER JOINVILLE

ERA UMA VEZ, NA CORTE BRASILEIRA...

Impossível falar da história do prof. Sylvio e da sua ETT sem prover ao leitor desta obra uma boa ideia do que é a cidade de Joinville.

Durante a elaboração do livro, perguntei a algumas pessoas sobre a razão do nome *Joinville*, sobre a origem da cidade, sobre sua colonização e tudo mais. Ouvi muitas explicações, mas nada muito contundente ou mesmo satisfatório. Resolvi, então, buscar em diversos livros e encontrei um caminho comum e confiável entre eles. Em alguns deles, as histórias narram quase que um conto de fadas, envolvendo príncipes e princesas no remoto período do Império no Brasil.

Todos sabemos que a nossa querida Corte já não era lá muito séria. Ocorria de tudo um pouco. Optei, então, por consolidar o conteúdo garimpando uma história que não deixa de ter um pouco de capa e espada, mas que, no mínimo, é justa e verdadeira. Esta história baseada na obra *História de Joinville*, escrita por Carlos Ficker em 1965, ganhou um concurso da Fundição Tupy por escrever a melhor história da origem de Joinville. Uma verdadeira relíquia encontrada na pesquisa deste livro, inclusive na época o autor viajou à Europa para entrevistar pessoas que mandaram colonizadores para Joinville e/ou que vieram á Joinville e depois voltaram à Europa.

A história da fundação de Joinville começa com as aventuras marítimas – e poderíamos dizer até amorosas – do príncipe-almirante François Ferdinand Philippe Louis Marie d'Orléans. Terceiro filho do rei Luís Filipe I da França, François Ferdinand levava o título de Príncipe de Joinville, cidadezinha francesa na região administrativa da Champanha-Ardenas, que conta hoje com pouco mais de quatro mil habitantes. Em passagem pelo Brasil, em 1837, esse príncipe visitou, pela primeira vez, a Corte Imperial, onde conheceu, então, e encantou-se, de pronto, pela jovem princesa dona Francisca Carolina, quarta filha do Imperador Dom Pedro I, que, dizem as más línguas, fora jogada aos braços do futuro pretendente. Começava aí a se traçar o destino da nossa querida Joinville.

O Príncipe de Joinville voltou ao Brasil ainda em duas ocasiões: em 1840, a caminho da ilha de Santa Helena, onde foi recolher os restos mortais de Napoleão Bonaparte para transportá-los à França – sem dúvida, uma nobre e importante missão; e, depois, em maio de 1843, para um não tão nobre objetivo que era o de se casar com a princesa Francisca, a quem ele, sem muita criatividade, mas carinhosamente, chamava de "Chica", buscando uma certa intimidade. Mais tarde, na Europa, "Chica" passou a ser conhecida e chamada por "*La belle françoise*".

Conforme a lei que estabelecia o dote da princesa, ao Príncipe de Joinville foi legada uma vasta porção de terras devolutas, somando 25 léguas quadradas, na província de Santa Catarina. Ainda que livres, tais terras já tinham sido alvo de uma tentativa de colonização por parte dos franceses.

Na década de 1840, o empresário M. Benoit Jules Mure tentou estabelecer, na Península do Saí, uma curiosa colônia socialista baseada nas ideias do filósofo pré-marxista Charles Fourier. A empreitada, porém, fracassou por conta de desentendimentos entre os colonos e o empresário. Mais uma mostra de que povo e governo têm suas divergências há muitos e muitos anos.

Um ano após o fim da Colônia do Saí, em 1844, as terras do Príncipe de Joinville foram demarcadas com a ajuda do seu representante, o engenheiro Léonce Aubé.

Contudo, o príncipe jamais chegou a ver essas terras, pois não voltou mais ao Brasil depois de seu casamento. Parece que o interesse do fidalgo europeu era mesmo nos dotes da bonita dona Chica. Enquanto isso, o movimento emigratório na Alemanha começara a se organizar, a partir da segunda metade do século XIX.

A situação, à época, não era nada boa no país, que então sofria por conta de enormes desajustes sociais, resultantes do excessivo crescimento da população, combinado aos altos impostos e à concentração de terras nas mãos dos aristocratas. Nesse contexto, um primeiro marco da emigração ao Brasil foi a fundação da Sociedade de Proteção aos Imigrantes Alemães do Sul do Brasil. Após promover a ida do dr. Hermann Bruno Otto Blumenau a Santa Catarina, então diretor da Sociedade e futuro diretor de umas das mais importantes colônias da região, a referida sociedade foi dissolvida, em 1848, por motivos desconhecidos.

No entanto, Joinville também viria a ter o seu "dr. Blumenau" na figura do senador de Hamburgo, Christian Mathias Schroeder. Proprietário de veleiros transatlânticos e com negócios no Brasil, Schroeder viu na emigração alemã uma grande oportunidade. E como o Príncipe de Joinville passava por alguns apuros financeiros, vivendo exilado na Inglaterra, após o golpe de Estado de 1848, Schroeder conseguiu comprar-lhe as terras brasileiras. Para esse feito, utilizou-se da Sociedade Colonizadora de Hamburgo, fundada por ele mesmo.

O contrato, assinado em 1849, previa a concessão de oito léguas quadradas de terra, com a condição de que tal área fosse povoada por 1.500 imigrantes em seus primeiros cinco anos. O contrato também previa a abertura de crédito aos colonos, além do fornecimento de alojamento, ferramentas de trabalho, sementes e alimentos a preços módicos. O documento determinava ainda a construção de hospitais, igrejas e estradas, bem como a prerrogativa de cobrar um imposto anual aos colonos com valor máximo preestabelecido. Duas cláusulas secretas, jamais encontradas nos arquivos, provavelmente dispunham sobre um pagamento em forma de indenização ou recompensa ao Príncipe de Joinville pela concessão das terras. Mas quem sabe dizer como foi?

Para o estabelecimento da colônia, a sociedade requereu, com sucesso, uma série de privilégios à Corte, incluindo facilidades relativas à naturalização dos imigrantes e isenção de impostos. E, já em 1850, chegaram as primeiras nove pessoas na Colônia Dona Francisca: o procurador Léonce Aubé, seu cozinheiro Louis Duvoisin, o engenheiro Herrmann Guenther e mais duas famílias de colonos, encabeçadas por Peter Schneider e Ewert Sebastian von Knorring. Seus primeiros trabalhos incluíram a demarcação do território da futura cidade de Joinville e as primeiras plantações de mandioca, feijão e milho. Cumpre notar que não foi isento de grandes dificuldades esse começo, notavelmente pela falta de mão de obra para a construção de alojamentos e para a construção da casa de oração.

Foi em 1851 que chegaram os primeiros quatro veleiros de imigrantes da Alemanha: Colon, Emma & Louisa, Gloriosa e Neptun. Após longas e turbulentas viagens, que duravam entre 60 e 90 dias, durante os quais uns morriam, outros ficavam doentes em razão das condições de insalubridade das embarcações, alguns sobreviviam bravamente e desembarcavam. Além de alemães, havia entre esses colonos um grande número de pessoas proveniente de aldeias da Suíça. Nessa época, também passou pela região um grupo de noruegueses, importante por ajudar na construção da colônia em seus primórdios. A maior parte desses noruegueses, porém, partiu para a América do Norte, em 1852, permanecendo apenas nove deles na colônia.

Em outubro de 1852, a denominada Colônia de Dona Francisca e a área prevista para a construção da cidade foram finalmente reunidas sob o nome de Joinville. Dona Chica perdeu o posto, como era comum em épocas machistas. As terras, então loteadas, iam sendo vendidas a prazo e sem juros aos colonos que se esforçavam para construir seus novos lares.

Contudo, não era exatamente um paraíso tropical o que os imigrantes encontrariam na região. Afinal, quem já não comprou um terreno de um cunhado pela foto e encontrou um pântano ou pior? Na verdade, os desembarques na colônia, repleta de lodo por todos os lados, constantemente causavam grande decepção aos recém-chegados, que haviam sido iludidos por fotos de terrenos bem cuidados e de belas casas. Um grande lamaçal, com muitos tocos de madeira espalhados e rústicas choupanas compunham a paisagem da colônia. Isso sem falar na disenteria e no tifo que atingiram e mataram muitos colonos em 1852. Ou seja, a fotografia não refletia nem de longe a tragédia apresentada.

Mesmo com todas essas dificuldades, há testemunhos da satisfação dos trabalhadores, tais como a carta que Rudolph Freudenberg, emigrante de Oldenburg, Alemanha, enviou para seus parentes. Nesse documento histórico, Rudolph menciona a escassez de instrumentos e utensílios, que dificultavam o trabalho na colônia, mas elogia a terra em que se pode plantar o ano inteiro e comemora não ser preciso acumular alimentos para o inverno, uma vez que não há neve no Brasil como na Alemanha.

Além dos trabalhadores braçais, os primeiros navios também trouxeram homens cultos e inteligentes. Mistura essa indispensável para a criação de um novo mundo. O *Gloriosa*, de 1851, chegou a carregar oito oficiais do extinto exército, um médico, um doutor em direito, um professor de colégio, dois candidatos a teólogo e sete economistas entre seus passageiros. Nesse ritmo, a colônia alcançou 389 moradores no fim de 1851, a maioria suíça e protestante (apenas dez eram católicos). O relatório que serviu de referência também menciona a existência de uma olaria, uma padaria, 62 casas, um pastor e dois médicos, além de plantações.

Enquanto mais e mais navios chegavam trazendo novos moradores, em 1852 o alemão Karl Konstantin Knueppel criou o primeiro jornal da colônia, totalmente escrito e copiado à mão. Chamava-se *Der Beobachter am Matthiasstrom* ("O observador às margens do rio Mathias") e continha sobretudo humor, anedotas e miscelâneas. No fim daquele ano, a população da Colônia de Dona Francisca somava 679 almas daqueles que foram os antepassados do povo joinvilense.

Joinville se caracterizou como uma cidade fazedora. Tem um dos mais altos índices de desenvolvimento humano entre os municípios brasileiros. É popularmente conhecida como "cidade das flores" ou "cidade das bicicletas". Mas o que mais a destaca é o fato de ser a cidade industrial mais importante do estado de Santa Catarina, que abriga um enorme número de grupos econômicos de relevância nacional e internacional. É o segundo polo metalúrgico do país, perdendo somente para o estado inteiro de Minas Gerais. E isso tudo reunido permitiu que sonhos como os dos donos da Fundição Tupy e de demais empresários, entregues nas competentes mãos de pessoas como o prof. Sylvio, florescessem.

ONDE ENTRA O PROF. SYLVIO?

COMO O INGRESSO DO PROFESSOR AFETA – POSITIVAMENTE – A CONDUÇÃO DO PROJETO

Se desde 1956 já existia, de certa forma, uma escola técnica dentro da Fundição Tupy, por que buscar um professor para tocá-la? Já se tratava de uma instituição técnica. Bastava um bom e firme time de engenheiros e de técnicos e tudo estaria resolvido. Mas os líderes da Tupy não pensavam dessa maneira. Não queriam apenas um cursinho técnico, limitado a prover aos alunos os ensinamentos básicos sobre esta ou aquela função – que, claro seriam também necessários, mas visivelmente pouco para a grandiosidade do projeto que visava, sem sombra de dúvida, a uma formação abrangente de homens, de empresários, de líderes.

Pois bem, numa gostosa tarde em Joinville, tive meu primeiro contato com o personagem central e razão deste livro: o prof. Sylvio. A reunião fora organizada pelo pessoal da UniSociesc, às 14 horas de uma quinta-feira. E lá estava eu, pontual, sempre conduzido pelo sr. Genésio, que me levou a várias das entrevistas. Aliás, estávamos eu e Giane Bracelo, gerente de comunicação da UniSociesc, encarregada do projeto e praticamente minha querida e iluminada coautora.

Nem havia tocado a campainha, e o portão da linda casa – situada na Rua Lages em Joinville – começou a se abrir. No alto de uma íngreme escada, uma figura serena acenava para nós, convidando-nos a subir. Quando cheguei ao topo, me deparei com um senhor sério, porém doce; sereno, porém ansioso. Junto dele, uma senhora muito simpática e alegre. Trata-se, respectivamente, do prof. Sylvio e de sua amável esposa, dona Úrsula Noering Sniecikovski, com quem se casou em 1953.

Sylvio é o tipo que se divide entre poucas mas valiosas coisas. Ele fala da família, da carreira e da pescaria. A família hoje não é nem tão grande assim. Sylvio e Úrsula têm dois filhos (Silvia e Luiz Roberto) e quatro netos (José Alexandre, Gustavo, Gabriela e Luiz Eduardo). Além deles, a irmã Lydia. Mas a intensidade das relações sempre foi muito alta.

Fui convidado a entrar, e lembrei-me daquela máxima dos psicólogos que diz que a sala de um executivo revela muito sobre ele. Imagine, então, a casa! Dessa forma – sem querer – liguei meu instinto de jornalista investigativo sem, é claro, causar má impressão ou intimidá-los. Fui convidado a uma sala, ampla, aconchegante, arejada e com uma vista indescritível (principalmente para um paulistano como eu), onde se apresentava, pela ampla janela, de forma pomposa, uma rica mata. Tudo estava no seu devido lugar ou, melhor ainda, tudo parecia ter o seu devido lugar há muitos anos. Uma casa montada com carinho, peça por peça, que, sem sombra de dúvida, revelava a personalidade de seus donos. No meio do papo, quando falávamos de um assunto específico, saíam frases do professor a dona Úrsula do tipo "...está no canto direito de minha mesa, numa pasta...".

Sentamo-nos, o professor e eu, lado a lado, em um dos confortáveis sofás. Giane e dona Úrsula em outras duas poltronas, mais a nossa frente. Em poucos minutos já me sentia em casa, mas com o cuidadoso respeito de um bem novo amigo. "Estou na casa do professor, e esta casa tem suas regras. Devo obedecê-las. Não por imposição. Só mesmo pelo respeito e carinho com que estou sendo recebido", esse era meu pensamento naquele instante.

Muito organizado e objetivo, o prof. Sylvio lançou mão de um papel com anotações de nomes, fatos e assuntos – elencados por uma certa cronologia – que ele entendia importantes no contexto do livro. Desde o início da conversa já se mostrava um homem criador e respeitador de regras.

Colocadas por ele as regras, relaxou e se sentiu autorizado a expressar suas opiniões, o que fez com muita tranquilidade e assertividade. A pauta do livro, de forma geral, saiu dessa primeira conversa e foi sendo completada pelos atentos olhos de seus filhos Silvia e Luís.

O prof. Sylvio é filho de Estanislau Sniecikovski e Sophia Ciesielski Sniecikovski, natural de Palmeira, localizada na microrregião de Ponta Grossa, Paraná.

Nasceu em 18 de julho de 1930. As pessoas que nascem no dia 18 de julho recebem da Lua, que é regente do signo de Câncer, uma grande sensibilidade que precisa ser desenvolvida e amadurecida por meio dos relacionamentos. É sempre pelo estabelecimento de uma parceria ou da inserção em um grupo social que elas conseguem equilibrar uma tendência de reagir impulsivamente ou de se fechar numa timidez profunda. Quando conseguem sair do círculo estreito das preocupações de ordem pessoal, descobrem uma enorme capacidade de argumentação e o talento para dar forma concreta aos projetos e aos sonhos de um grupo grande de pessoas. Com isso, ganham um brilho especial e, muitas vezes, transformam-se em lideranças carismáticas. O envolvimento nos processos sociais ocupa um lugar de destaque na vida de quem nasceu neste dia, mas é importante que não deixem que eles ocupem todo o espaço que está destinado à vida pessoal e familiar. Por trás de uma aparência forte e audaciosa está uma natureza delicada que precisa muito da afeição e do carinho dos que lhe são próximos. O professor mostrou durante toda a vida ser esta uma regra válida.

Segundo o próprio prof. Sylvio, nascer em Palmeira fora um desvio de percurso para atender a um desejo de sua mãe, pois seus pais já residiam em Curitiba, onde ele cresceu, formou-se e morou até 1953, ano em que se mudou para Joinville. Alguns amigos, claro que em termos de brincadeira, dizem que o prof. Sylvio é a "nossa palmeira da educação". Firme, retilíneo, à prova de intempéries, buscando sempre o céu como limite. E comprovadamente ele sempre foi assim! Com fortes raízes, inquieto com suas conquistas e sabedor de onde poderia e deveria ir.

Quem hoje caminha pela bela Palmeira ainda pode sentir – mesmo tão distantes dos dias de sua fundação – um certo ar bucólico e nostálgico daquele tempo em que as imensas tropas de muares, bovinos e equinos eram levadas para a feira paulista, destinadas a abastecer o Ciclo do Ouro nas Minas Gerais.

A cidade, considerada histórica, conserva em muitas de suas edificações, residências e também em suas igrejas os indiscutíveis traços do ciclo histórico e econômico, como o tropeirismo.

Em 1815, as condições desfavoráveis da Freguesia de Tamanduá levaram o vigário Antônio Duarte dos Passos a estabelecer uma nova igreja onde hoje se encontra edificada a igreja matriz da cidade, paróquia Nossa Senhora da Conceição de Palmeira, cujas terras foram doadas pelo Tenente Manuel José de Araújo, por vontade de sua mulher, dona Ana Maria da Conceição de Sá, por ato de 7 de abril de 1819, data de aniversário do município.

A população foi se transferindo para o povoado, nas cercanias do novo templo. A corrente de povoamento se avolumou a partir de 1878 com a chegada dos imigrantes russo-alemães, poloneses, italianos, ucranianos, árabes e, mais recentemente, os sírio-libaneses, japoneses e alemães menonitas, entre outros povos. Ainda hoje, as centenárias fazendas, como Conceição, Palmeira, Padre Inácio e Alegrete, são testemunhas de uma época de muito fausto e riqueza.

A fé de seu povo é registrada em edificações como a igreja de Nossa Senhora da Conceição, as capelas de Nossa Senhora das Neves e do Senhor Bom Jesus do Monte, na localidade de Vieiras, onde o imigrante português Bento Luiz da Costa erigiu um conjunto de 14 pequenas capelas para pagar as graças recebidas, com suas capelinhas de pedra dispostas de maneira a formar uma cruz. Mas, como diz o professor, de Palmeira ficou apenas a natural e a carinhosa lembrança de sua mãe.

O prof. Sylvio, nos estudos básicos, cursou até a 5ª série no Grupo Escolar Conselheiro Zacarias, no Alto da Glória, em Curitiba, construído em 1911, no governo Francisco Xavier da Silva, para atender ao ensino primário. Sylvio concluiu o primário, em primeiro lugar, com mérito, recebendo como prêmio de sua professora o livro *O Saci*. Isso já mostrava sua veia e adesão à educação formal de qualidade. O nome da instituição – Grupo Escolar Zacarias – fora escolhido em homenagem ao primeiro presidente da província recém-emancipada de São Paulo em 1853, atual estado do Paraná, o advogado e político Zacarias de Góes e Vasconcellos. A partir de 1975, a então Escola Estadual Conselheiro Zacarias passou a ofertar o ensino regular de 1ª a 8ª séries e o ensino supletivo de 5ª a 8ª. Com a implementação do ensino médio, em 1999, ocorreu a cessação do ensino fundamental supletivo – fase II – e do ensino fundamental de 1ª a 4ª séries – regular. O estabelecimento de ensino passou a se chamar Colégio Estadual Conselheiro Zacarias. Uma instituição de ensino quase centenária, que também teve como ilustre aluno o presidente Jânio Quadros na década de 1920. Dizem até que Jânio era um péssimo aluno, mas passava de ano. Mais tarde, Jânio estudou no Colégio Estadual do Paraná e no Colégio Marista Arquidiocesano de São Paulo. Formou-se em direito pela Faculdade de Direito da Universidade de São Paulo, abrindo banca na capital paulista em 1943, logo após a sua graduação. Foi professor de geografia no tradicional Colégio Dante Alighieri e no Colégio Vera Cruz, sendo considerado excelente docente. Tempos depois, lecionou Direito Processual Penal na Faculdade de Direito da Universidade Presbiteriana Mackenzie.

O prof. Sylvio cursou os antigamente denominados ginásio e científico no Colégio Estadual do Paraná, uma escola muito forte, fundada em 1846 sob o nome de Licêo de Coritiba. Nessa época, a região ainda pertencia à Província de São Paulo, obtendo sua autonomia somente em 29 de agosto de 1853, com a lei assinada pelo Imperador Dom Pedro II, que desmembrou a região da Província de São Paulo. Logo depois, teve início um programa oficial de imigração europeia para a região, principalmente de poloneses, alemães e italianos, que vieram em busca de riquezas. Em 1854, foi inaugurada a primeira sede, na Rua da Assembleia, hoje Rua dr. Muricy, entre as atuais Ruas Saldanha Marinho e Cruz Machado. A primeira Biblioteca Pública da Província (atual Biblioteca Pública do Estado do Paraná) foi criada em 1857 por meio da Lei n. 27, de 7 de março, instalada no Licêo.

Em 1872, o governo provincial adquiriu, para a sede do Licêo, a casa do Comendador Manoel Antônio Guimarães (Visconde de Nacar), um imóvel situado à Rua Aquidaban, atual Rua Emiliano Perneta. Apenas como curiosidade, durante décadas a escola era a única que tinha uma piscina olímpica em todo o estado do Paraná, inaugurada em 1951.

Nesse período, para custear seus estudos, o prof. Sylvio estudava à noite e trabalhava durante o dia.

Graduou-se como oficial da reserva pelo CPOR em 1950. Os CPORs (Centros de Preparação de Oficiais da Reserva) nasceram por inspiração do então Capitão Correia Lima, para suprir o Exército de oficiais subalternos. Ele observou que, após a Primeira Guerra Mundial, havia uma grande carência nos quadros de oficiais dessa patente.

As ideias de Correia Lima levaram à criação do primeiro CPOR, no Rio de Janeiro, em 1927, que começou a funcionar em 1928. Como o resultado alcançado foi considerado altamente positivo, o então Ministro da Guerra autorizou a abertura de centros semelhantes em São Paulo e Porto Alegre. Mais tarde, novos centros foram abertos em outras cidades brasileiras. Ao observarmos a postura e a conduta sempre adotadas pelo prof. Sylvio, podemos ver claramente os bons traços de uma educação militar, no tocante à disciplina e à perseverança.

Dando continuidade aos estudos, prof. Sylvio se formou, em 1953, nas disciplinas de matemática e física pela Faculdade de Filosofia, Ciências e Letras da Universidade do Paraná. Como diz o próprio prof. Sylvio, ele fugiu da engenharia.

A Faculdade de Filosofia, Ciências e Letras do Paraná foi fundada em 26 de fevereiro de 1938, numa assembleia de intelectuais (com cerca de 31 presentes), convocada pelos profs. Omar Gonçalves da Motta, Carlos de Paula Soares e Homero de Melo Braga. Entre seus objetivos estavam: ampliar a cultura no domínio das ciências puras; promover e facilitar a prática de investigações originais; e desenvolver e especializar conhecimentos necessários ao exercício do magistério. A faculdade se organizava em três departamentos – Ciências, Filosofia e Letras – e num Instituto Superior de Educação. Foi uma das primeiras a se oficializar como escola de Letras no Brasil.

Em 1953, o prof. Sylvio foi convidado a trabalhar no Colégio Bom Jesus pela professora Anna Maria Harger. De pronto, o susto foi grande, pois Sylvio nunca havia dado aula. Tinha conteúdo, era aplicado, mas sentia que lhe faltava didática. Mesmo assim, encarou o desafio.

A história do Bom Jesus, que muito se mistura à história da cidade e de milhares de empresários que ali estudaram, começou em 1866, com a criação da Escola Alemã (*Deutsche Schule*). Mas, para valer, a fundação do Colégio Bom Jesus se deu em 1926, pelas mãos da professora Anna Maria Harger – uma referência em ensino no estado –, e tornou-se propriedade da Comunidade Evangélica de Joinville em 1968. O Colégio Bom Jesus, assim como muitos outros, ampliou gradativamente seu corpo docente, sua estrutura física e implementou a sua proposta pedagógica até tornar-se um dos maiores educandários de Santa Catarina e o maior colégio luterano da América Latina.

Com a implantação do ensino superior, em 1995, surgiu o Instituto Educacional Luterano de Santa Catarina – IELUSC, incorporado ao Colégio Bom Jesus em 2001. Nasceu assim o Instituto Superior e Centro Educacional Luterano Bom Jesus/IELUSC, que, em 2006, para atender exigências do novo Código Civil, transformou-se na Associação Educacional Luterana Bom Jesus/IELUSC.

Atualmente, a instituição oferece educação básica (educação infantil, ensino fundamental e médio), ensino profissionalizante de nível médio (curso técnico em enfermagem) e ensino superior (enfermagem, jornalismo, publicidade e propaganda, educação física e nutrição).

À época, o prof. Sylvio ministrava cerca de 54 horas/aula por semana, cerca de 9 horas por dia. Uma jornada recorde, mas que Sylvio abraçou com bravura e vontade. Segundo ele, uma máxima preenchia sua cabeça: "Acredito que tenho conhecimento, competência e que tenho de dar o meu melhor". Além disso, diz ter aprendido a ser um professor disciplinador com os próprios alunos. O ato de aprender implicava respeito e regras claras.

Em 1959, foi novamente pego de surpresa. Dessa vez, com um convite dos dirigentes da Tupy para assumir a ETT como professor e gestor. Trazer para dentro da ETT sua experiência de escola. À época, os dirigentes da Tupy foram pessoalmente à dona Anna Harger para explicar a necessidade de ter uma pessoa como Sylvio na ETT.

"Dr. Dieter era o homem das ideias, da expansão, dos grandes desafios. Em contraponto, dr. Raul era o lado operacional. E eu, acho que fazia uma ponte, um bom equilíbrio entre os dois. Nossa relação sempre foi muito próxima e muito aberta... Conversávamos muito e sobre tudo... Sempre tive abertura com eles", destaca Sylvio, sempre enfatizando a ideia de que tudo se faz em um time.

O convite da Tupy era para que Sylvio mais do que meramente desse aulas, era para que ele ajudasse a construir um sonho, algo grande, algo inusitado e necessário. "Acho que o sabor do desafio e, até certo ponto, da natureza do projeto, é o que mais me motivou. Além disso, quem estava por trás daquela ideia era uma empresa estruturada e respeitada", lembra Sylvio.

Entre as diversas máximas do professor que ouvi dele próprio ou de seus admiradores convictos, cabe aqui citar algumas poucas, mas que revelam seu espírito:

"A falta de talentos, em qualquer área da atividade humana, tem de ser compensada pela dedicação."

"Qualquer desafio recebido, não importam as adversidades, precisa ser vencido, dando a pessoa o melhor do seu eu."

"Todo e qualquer desafio deve ser enfrentado com competência, coração e comprometimento."

O prof. Sylvio sabia que o trabalho era árduo, mas também sabia que contava com a compreensão de todos, principalmente de professores e alunos, pois entendiam tratar-se de algo que estava sendo construído.

O primeiro desafio foi a preparação de um curso especial, com duração de um ano, a ser implementado durante o ano de 1959, para um seleto grupo de dez jovens que já haviam concluído o ginasial escolhidos a dedo do quadro da Tupy. Nessa época, o programa era bem básico: matemática, física, desenho, tecnologia e práticas operacionais. As duas primeiras matérias eram ministradas pelo prof. Sylvio; desenho e tecnologia, pelo prof. Oswaldo Pereira; e práticas, por engenheiros da Tupy.

No final desse curso, a Tupy, satisfeita com os resultados, estava convicta de que o caminho seria aquele. A continuidade era natural, ou seja, criar um curso técnico, com uma grade adequada de matérias e em sintonia com as exigências do Ministério da Educação. Um curso de didática, que dava direito a lecionar, fora crido pelo CENAFOR/MEC para todos docentes da ETT, porém o ministério exigia a formação superior para tal. Todas as medidas necessárias foram tomadas para que, em 1961, o curso fosse reconhecido pelo MEC. Em 1960, foi criado o Curso Técnico de Metalurgia e, em 1962, foi criado o Curso Técnico de Mecânica.

Laurilo Scremin, natural de Tubarão, hoje com 80 anos, foi um dos professores da turma fundadora da década de 1960. Ex-professor do Senai, ingressou na Tupy em 1960 pelas mãos do dr. Raul. O Senai havia-lhe provido método.

"Não basta ter conhecimento técnico. É muito importante que o professor saiba se comunicar, traduzir os temas aos alunos numa linguagem compreensiva... O aprendizado necessita de um gancho, de uma motivação", ressaltou Laurilo.

Na época da profissionalização da escola, o prof. Sylvio teve uma difícil decisão a tomar, pois a Tupy era muito eclética, com profissionais de todos os tipos de formação. Assim, o prof. Sylvio, atendendo aos critérios do Ministério, elegeu os profissionais com formação universitária, deixando alguns, como Scremin e Pereira, de fora. Eles podiam participar do curso de formação de docentes, mas somente como ouvintes. Como resultado, no período pós-curso, ganhavam menos do que os outros pelas aulas ministradas.

Mesmo com esse sabor amargo, Scremin ficou por muitos anos na Tupy e na ETT e tem muito orgulho do trabalho realizado. Ele define o prof. Sylvio como uma ocular de singularidade e demonstra claramente carinho pela instituição e pelo professor.

No início do projeto, a Tupy, visando gerar mais atratividade e credibilidade à ideia, dava aos alunos total assistência. A lista de benefícios era de fazer inveja. A começar pelo fato de que todo aluno era também funcionário da Tupy, com salário e um regime especial de horas de trabalho. Recebiam uniformes completos de gala e diário, todo o material escolar, incluindo-se os livros necessários. Faziam suas refeições na escola, tinham transporte à disposição para o trajeto residência-Tupy e recebiam gratificações especiais por destaque nos estudos.

Mas não parava por aí. Os melhores alunos ganhavam o direito a uma viagem – misto de lazer e aprendizado – para visitar fábricas de São Paulo, Rio de Janeiro e Minas Gerais. As viagens eram feitas de Kombi e sempre acompanhadas de perto pelo prof. Sylvio e algum outro docente.

Em um bate-papo com Berend Snoeijer, um dos já citados alunos da primeira turma, descobri que os alunos de mais destaque e, portanto, convidados a essas viagens, se sentiam no direito, também, de botar as manguinhas de fora. Snoeijer não deixa nunca de reconhecer a forte liderança e as orientações do prof. Sylvio, por quem tem um enorme respeito e uma profunda admiração, mas me contou, com bom humor, algumas traquinagens que os alunos faziam nessas viagens. Fica aqui mais uma curiosidade sobre o retilíneo professor e seus acirrados pontos de vista.

Com o passar dos anos, infelizmente, a Tupy não pôde manter todos os privilégios das primeiras turmas. Principalmente em razão da crise de 1964. Pouco a pouco, as regalias foram sendo cortadas, até chegar ao ponto de os alunos mais abonados terem de contribuir com uma mensalidade. Mesmo assim, manteve-se aberta a atender alunos menos favorecidos, mas com grande potencial e visível dedicação.

Mas a vida do prof. Sylvio não teve só esses desafios. Ele praticamente viveu para a educação, com grande intensidade e nos mais variados ângulos do assunto, sempre buscando desbravar novas fronteiras.

Fez diversas viagens internacionais para aprimoramento do ensino. Visitou a Georg Fischer, que deu origem à ideia do ETT. Visitou centros de pesquisa nos Estados Unidos como convidado do CNPq, foi ao famoso MIT (Massachusetts Institute of Technology) e à NASA (National Aeronautics and Space Administration).

Na ETT/Sociesc recebeu ilustres visitas: presidente Castelo Branco, presidente Emílio Garrastazu Médici, presidente Ernesto Geisel; ministro Magalhães Pinto, ministro da educação Euro Brandão, ministro da educação Hugo Napoleão, ministro da educação Jorge Bornhausen, ministro da ciência e tecnologia Israel Vargas, ministro da ciência e tecnologia e governador Luiz Henrique da Silveira; governador Pedro Ivo Campos, governador Esperidião Amin e governador Konder Reis

Além da sua dedicação à ETT/Sociesc, ocupou cargos públicos na área da educação, sendo secretário de estado da educação de 1987 a 1989, a convite do governador Pedro Ivo Campos. Foi também secretário de educação em Joinville de 1997 a 2008 a convite dos prefeitos Luiz Henrique da Silveira e Marco Tebaldi. Foi ainda membro do Conselho Estadual de Educação, entre 1989 e 1997, a convite do governador Pedro Ivo Campos. Nesse período teve forte participação na implantação, nos municípios catarinenses, dos Conselhos Municipais de Educação e dos Sistemas Municipais de Educação. Ambos proporcionaram maior autonomia na gestão da educação em todos os municípios.

Seus esforços pró-educação foram e continuam sendo valorizados pelo setor, pelas comunidades e por especialistas. Nesse período de trabalho recebeu prêmios e reconhecimentos tais como Cidadão Honorário de Joinville, teve uma escola municipal batizada com seu nome, ganhou a medalha do mérito Princesa Dona Francisca (a Medalha Dona Francisca é a maior comenda do município entregue a cidadãos, governantes e grandes lideranças que, por suas qualidades, virtudes e trabalho, igualmente brilham e se constituem nos maiores e principais alicerces do progresso e da grandeza de Joinville), a Medalha do Mérito Anita Garibaldi e o Prêmio Educador Elpídio Barbosa. Este último foi criado em 12 de junho de 1992 pelo conselheiro Ricardo José Araujo de Oliveira, que apresentou indicação propondo a criação desse prêmio, a ser concedido anualmente pelo Conselho Estadual de Educação de Santa Catarina, à pessoa física e/ou a entidades educacionais que tenham efetiva e comprovadamente se destacado no desenvolvimento do ensino no âmbito estadual. Elpídio Barbosa é natural de Florianópolis, Santa Catarina. Nascido em 1909 e falecido em 1965, ele dedicou sua vida à educação com destaque na Fundação Universitária de Santa Catarina. E o reconhecimento, como o deste livro, segue adiante.

Além disso, as sementes plantadas pelo prof. Sylvio como secretário municipal de educação ainda estão frutificando. As escolas municipais de Joinville frequentemente estão entre as melhores do país em concursos para alunos e professores, também se destacam como as melhores do Brasil no índice do Ideb conferido pelo MEC.

UM DEPOIMENTO FALA MAIS QUE MIL PALAVRAS

O PROF. SYLVIO POR ADOLAR PIESKE

Conheci o prof. Sylvio em 1957, como professor de matemática comercial no Curso de Técnico de Contabilidade no Colégio Bom Jesus, em Joinville.

Ele logo se tornou o meu paradigma de professor ideal: excelente didática, aulas bem preparadas e objetivas, explicações claras, detalhadas com lógica cartesiana e provas bem elaboradas. Era muito fácil aprender com ele, acompanhar e motivar-se pelo conteúdo da disciplina. Interessava-se e preocupava-se com os alunos como pessoas e com seus desempenhos escolares.

No decorrer do curso sugeriu-me que em vez de economia eu considerasse cursar engenharia como uma possibilidade. Fui cursar engenharia metalúrgica na Escola Politécnica da Universidade de São Paulo. Enquanto aluno da Poli, nas férias escolares, estagiava na Tupy, e tive oportunidade de conversar muitas vezes com o prof. Sylvio, então já professor e diretor geral da ETT. Ele sempre se interessava pelo meu desenvolvimento profissional.

Formado, e, provavelmente inspirado no prof. Sylvio, acabei abraçando a carreira de professor universitário e pesquisador na própria Poli, onde obtive o grau de doutor em engenharia em 1970.

Em 1972, a Tupy tomou a decisão de dar um segundo passo tecnológico importante na sua trajetória de sucesso. O primeiro, além da "redescoberta" de como se produz ferro maleável branco, foi a criação formal da ETT em 1959, chamando para coordenar esse projeto o prof. Sylvio, então já conceituado professor do Colégio Bom Jesus. Decidiu-se criar um Centro de Pesquisas Tecnológicas, para o qual fui convidado para assessorar a implantação.

Foi em 1972, depois de um período de quase uma década sem contatos pessoais, que estreitei ainda mais as minhas relações com o prof. Sylvio, pois por meio de convênio tecnológico entre a Tupy e a FDTE (Fundação para o Desenvolvimento Tecnológico da Engenharia) – Fundação da Escola Politécnica da Universidade de São Paulo –, voltei a Joinville para coordenar a implantação do CPqD da Tupy (Centro de Pesquisas e Desenvolvimento da Fundição Tupy). Essa implantação foi recomendação do BNDES-Finep à Tupy, em especial para suporte de um importante projeto de evolução tecnológica na Tupy – a entrada no negócio "Blocos e Cabeçotes de Motores", um importante salto tecnológico nos negócios, e que seria implantado sem aquisição de *know-how* estrangeiro, enquanto os concorrentes, multinacionais, tinham esse suporte do exterior.

Como a Escola Técnica Tupy foi muito bem avaliada pela FDTE com instalações aptas para a atividade de pesquisas tecnológicas em ferros fundidos, semelhante ao padrão que se tinha em São Paulo no conjunto na Escola Politécnica & IPT, optou-se por iniciar de imediato as atividades de P&D na ETT. Paralelamente iniciou-se o projeto, aprovou-se na Finep, financiadora do projeto, e implantavam-se as instalações próprias do CPqD da Tupy. A atividade formal de P&D da Tupy iniciou-se de fato, operacionalmente, em 1º de julho de 1973.

Assim, entre julho de 1973 e maio de 1977, com total apoio e entusiasmo do prof. Sylvio, do grupo de pesquisadores, misto de engenheiros e técnicos da Tupy e especialistas de fora, iniciaram-se as atividades de P&D na ETT. Passou-se a ter um espaço físico próprio, junto à Biblioteca Técnica, e a usar os laboratórios e a usina piloto de fundição da ETT para os projetos tecnológicos da Tupy.

Estabeleceu-se assim um amplo programa de cooperação entre o CPqD da Tupy e a ETT. Tinha essa interação também como subproduto o objetivo de atualizar, complementar e elevar o nível de conhecimentos tecnocientíficos dos jovens professores e técnicos da ETT, coordenados pelo eng. Jacob Reimer, então professor e assessor técnico do diretor geral da ETT, prof. Sylvio. Além dos projetos específicos da Tupy, foram desenvolvidos trabalhos tecnológicos conjuntos para conhecimento público e ensino, alguns apresentados, e premiados, em congressos técnicos da ABM (Associação Brasileira de Metais) e ABIFA.

Além de ter oferecido uma excelente acolhida a esse novo grupo, o prof. Sylvio empenhou-se em buscar recursos, a fundo perdido, para a ETT participar ativamente desse trabalho conjunto com o CPqD da Tupy. Ele era um entusiasta desse trabalho conjunto, e não media esforços para dar todas as condições da atividade de P&D.

Um desses projetos tecnológicos conjuntos trouxe um produto importante, que foi a publicação de um livro didático (1ª edição em 1979) de muito sucesso. Com várias reedições, passou a ser referência em nível nacional na área de ferros fundidos cinzentos. Creio que ainda hoje é conhecido e usado. O título era *Ferros Fundidos Cinzentos de Alta Qualidade.*

O CPqD da Tupy saiu do espaço físico da ETT em 1977, mas os laços ficaram entre as duas instituições. Inclusive, a pedido nosso, o prof. Sylvio cedeu alguns técnicos e professores para o CPqD da Tupy nessa transição física, o que bem demonstra o quanto ele estava consciente da importância dessa atividade e da oportunidade de carreira para alguns dos profissionais da ETT. Diga-se de passagem, alguns deles continuaram a lecionar no período noturno na ETT.

O prof. Sylvio continuou sempre a colaborar, inclusive indicando ao CPqD alguns dos melhores alunos e com pendor e capacitação para a atividade de P&D, durante vários anos seguidos em que o CPqD necessitava ampliar o seu quadro profissional técnico.

Esses contatos meus com o prof. Sylvio mantiveram-se mesmo depois de eu ter saído do CPqD para assumir outros desafios profissionais, como diretor da Fundição Tupy em 1980 e vice-presidente do Grupo Tupy em 1986. Ele sempre mostrou interesse em conversar sobre o estado da arte em tecnologia de fundição, técnicas de ensino e a formação técnica complementar, pois eu continuei lecionando na Politécnica de São Paulo até 1986, e assim tínhamos alguns interesses comuns.

Mesmo com a minha saída do Grupo Tupy em 1991, e o prof. Sylvio também assumindo outros desafios importantes como homem público – secretário de Educação do estado e depois do município, tivemos alguns contatos, menos frequentes, mas sempre muito interessantes.

Ele era sempre preocupado em desempenhar bem as suas funções, e buscar recursos para a educação. Às vezes, procurava-nos tentando desenvolver ações estruturadas, voltadas à ampliação de oportunidades de aprendizagem e formação integrada para os jovens, em especial para os alunos de escolas públicas. Ele tinha sempre consigo que é por meio da educação das futuras gerações que um país se desenvolve, ganha competitividade e qualidade de vida, e que a sociedade (empresas) deve coabraçar essa tarefa, como a Tupy tinha feito.

Criou, a meu juízo, na ETT a semente e a capacitação para desafios maiores que de fato aconteceram pela evolução e pelo sucesso, não imaginados pelos idealizadores da ETT – uma escola técnica modelo, evoluindo para um complexo de ensino desde o fundamental até pós-graduação, de alto desempenho em todos os níveis com sua ação estruturante voltada à ampliação das oportunidades de aprendizagem para os alunos das escolas públicas.

No plano pessoal, sempre o tive como um exemplo a me espelhar: como professor, como profissional e como homem público. Uma pessoa íntegra, dedicada, estudiosa, respeitosa e amiga, não medindo esforços e energia para atingir objetivos e desafios que a profissão que abraçou, os cargos e a vida lhe colocaram. O prof. Sylvio tem todos os méritos para ser lembrado como pessoa especial para Joinville e Santa Catarina. Em resumo, ele foi decisivo na minha carreira profissional desde jovem, quando aos 15 anos cheguei a Joinville, pelo interesse que sempre demonstrava na minha carreira e o apoio importante que deu na implantação da atividade de P&D da Tupy.

Adolar Pieske, 14 de maio de 2014

A RIGIDEZ DANDO VEZ À CRIATIVIDADE

O TROTE, A VISTORIA, O ALOJAMENTO E AS BAGUNÇAS

"Quando passei no teste psicológico, realizado pela ETT em 1968, para selecionar estudantes ingressos nessa escola, o primeiro impacto diferenciado foi o trote aplicado pelos veteranos que, inicialmente, raspavam nossas cabeças e nos faziam caminhar da escola até o centro de Joinville. Esse momento marcava em nossas vidas um sentimento de forte apego e amizade entre esses esperançosos jovens, advindos de diferentes cidades catarinenses. Só esse relato já seria suficiente para entender o motivo do sucesso e da liderança de seus egressos em vários setores da nossa sociedade", afirma Jorge Musse, ex-aluno da ETT e vice-reitor da UDESC (Universidade de Santa Catarina).

No entanto, como bem sabemos, toda escola tem sempre um lado oficial e um lado extraoficial ou, no mínimo, folclórico. É aquele lado das proibições, das bagunças, das farras, da molecagem mesmo. A ETT do passado era tão rígida que tive muito trabalho para garimpar algumas poucas histórias ou fatos que mostrassem esse lado da vida escolar, em parte porque essas histórias não ocorreram mesmo; em parte, por sentir que muitos dos entrevistados não queriam se entregar. Parece que o fantasma de alguns professores, como Sylvio, permanece na mente de todos.

Albano Schmidt, neto do velho Albano que deu início a ETT, também foi um aluno do curso. Ele me relatou que, no primeiro dia de aula, seu pai procurara o prof. Sylvio – sem que ele, Albano, soubesse, é claro – para pedir-lhe que não "desse colher de chá" ao filho. Só muito mais tarde Albano soube dessa orientação, que, segundo ele mesmo, fora seguida a risco pelo professor. Mesmo assim, de vez em quando Albano e os colegas se davam ao direito de sair um pouco da linha.

Conta Albano que, certa vez, estava num corredor próximo à sala do prof. Sylvio um grupinho de alunos do qual ele fazia parte. Ao ver passar a prof[a]. Elizabeth, um dos engraçadinhos emitiu um breve sinal sonoro, uma coisa do tipo "fiu-fiu", mas quase imperceptível! Fora o bastante para que a professora entrasse na sala do prof. Sylvio para se queixar. Albano disse que nunca levou um "esculacho" tão grande, sem contar o medo de entrar na sala do professor, fato que só ocorria em acontecimentos considerados muito graves.

Uma atividade também regular entre esses meninos era sair da escola em disparada a tempo de pegar a hora do recreio do Colégio dos Santos Anjos. Nesse caso, os anjos eram as meninas que lá estudavam e os diabinhos, os alunos fugitivos da ETT.

E é claro que, como em todas as escolas, os veteranos tinham o direito e a obrigação de sacanear os novatos. É a lei! A

ETT, no início, ofertava alojamento para aqueles que vinham de cidades vizinhas ou até mesmo de outro estado. Eram instalações espartanas, na mesma área da fábrica e da escola, mas que atendiam às necessidades dos alunos. Os novatos que vinham a ser usuários dos alojamentos tinham de manter os quartos – seus e dos veteranos – sempre impecáveis. Os veteranos inspecionavam mais do que os professores.

Na calada da noite, aconteciam também coisas muito estranhas ou, pelo menos, pitorescas com os novatos. Conta o prof. Iberê que, na sua época, uma sacaneada clássica era fazer os novatos, à noite, dançarem como vieram ao mundo em cima das mesas do refeitório. Eram todos meninos, quase da mesma idade.

Em 1974, a escola passou a aceitar mulheres, iniciaram em turmas mistas: moças e rapazes, no curso técnico especial (para quem já tinha ensino médio) de metalurgia. No primeiro ano, apenas cinco moças se arriscaram e só três terminaram o curso. Até aí, tudo normal.

Mas, pensem comigo: uma escola fundada praticamente em 1960 e sempre ocupada por meninos... Não iria ser fácil mesmo. A profa. Clarice Büst, que esteve nesse time de corajosas meninas, lembra, por exemplo, que a escola só tinha banheiros masculinos. Então, num primeiro momento, tiveram que improvisar, criar horários, orientações e tudo mais. E, claro, isso era vexaminoso para as meninas e um prato cheio para os rapazes, que conseguiam até saber quem ia ao banheiro e quando ia.

Segundo um dos primeiros formandos, Berend Snoeijer, o prof. Sylvio não dava trégua e não perdia tempo com bobagens. Numa viagem ao Rio, chegaram exaustos e famintos, e o professor nem queria ir jantar. Depois de um processo árduo de convencimento, conseguiram ir a um restaurante na região da Praça Mauá, próxima à Avenida Rio Branco.

A Praça Mauá ficou conhecida, nos anos 1930, por abrigar o primeiro arranha-céu do Brasil, o edifício de 22 andares do vespertino *A Noite*, que, em 1973, passou a sediar também a Rádio Nacional. Por estar localizada próxima ao local de desembarque de navios de passageiros e de marinha mercante, a região desenvolveu várias atividades comerciais ligadas ao turismo e ao câmbio, incluindo bares e boates. Mas o maior atrativo da área para os marujos mais ousados eram mesmo as "mariposas", conhecidas também como "moças de vida fácil".

Pois bem, ao chegar ao restaurante e ver a ansiedade e o relativo mau humor do prof. Sylvio, os alunos se cotizaram e, discretamente, convenceram uma das lindas mariposas a pousar na área do professor. "Quando ela começou a se oferecer, aplicar olhares, sorrisos e tudo mais, o prof. Sylvio foi embora sem nem mesmo jantar, de tão incomodado que estava. No dia seguinte, nenhuma palavra sobre o tema, nem dele nem dos alunos", lembra Snoeijer.

Mexer no uniforme, nem pensar. Numa conversa informal com João Luiz Brandão, ex-Novo Tempo, RBS e, hoje, na CDL, descobri que o prof. Sylvio tinha fortes e consistentes conceitos com relação à ETT/Sociesc e que dificilmente mudava certos rumos.

Nos meados de 1990, segundo João Luiz, a Sociesc saboreou – quase que pela primeira vez – o amargo sabor da concorrência. Chegava a Joinville o Grupo Positivo. Em quatro anos, o Sistema Positivo de Ensino (SPE) duplicou o número de alunos: em 1991 já havia 200 mil alunos estudando pelo SPE, em centenas de escolas conveniadas espalhadas pelo Brasil. Tudo novo! Material didático próprio, mais leve e ilustrado, e, principalmente, um uniforme "da hora", como diriam os guris de hoje.

João era sócio de uma agência de propaganda com o sugestivo nome de Novo Tempo. Embora esse novo tempo o fosse para João, caía como uma luva para a ETT/Sociesc. Ele foi, então, chamado por um grupo de diretores para estudar um projeto de comunicação que diminuísse a força do concorrente. Naquele momento, o uniforme era, sem dúvida, o problema mais gritante: como sair do uniforme militar imposto pela instituição?

Nas conversas, com muito tato, os diretores giravam em torno do assunto sem saber como abordá-lo com o prof. Sylvio. A saída veio de uma sacada da agência de João. Conseguir que grandes nomes empresariais dessem depoimentos públicos na TV sobre a importância da ETT/Sociesc na trajetória profissional de seus alunos. Daí surgiu o *slogan* "Quem passa por aqui vai longe", suportado por nomes de relevância.

O mais hilário, segundo João, era o medo que todos tinham de levar a ideia ao prof. Sylvio, entre outras coisas por aquilo significar gastos, pois o verbo "gastar" não constava do dicionário do prof. Sylvio.

No entanto, ele gostou da ideia e o Sr. Mário Kruger, diretor da Schulz na época, como ex-aluno e empresário bem-sucedido prestou seu depoimento com foto, confirmando a qualidade da ETT.

OS ANOS 1960 E 1970

COLOCANDO O SONHO DE PÉ!

De 1956 a 1961, Juscelino Kubitschek governou o Brasil. Foi a época em que o PIB cresceu em média 7% ao ano, enquanto a taxa *per capita* aumentou num ritmo quatro vezes maior que no restante da América Latina. Tal situação reflete as prioridades daquele governo no desenvolvimento econômico e industrial do país. Foi então que a indústria desenvolveu-se, e a capital do Brasil se transferiu para o quente e inabitado centro do país, com a construção de Brasília.

A dívida externa brasileira cresceu enormemente nos anos do governo JK. O problema estava no fato de as exportações não terem crescido na mesma proporção do endividamento do país, com os preços do café – ainda a principal fonte de divisas na época – registrando forte queda no final da década de 1950. Para administrar esse problema, Juscelino realizava novos empréstimos no exterior. No final do seu governo, esse capital vindo do exterior começava a escassear ou, pelo menos, não existia mais no volume desejado. Em 1958, o governo lançou um plano de estabilização da economia que incluía, além de outras medidas, o combate à sempre crescente inflação. O Brasil apenas começava a sentir o amargo gosto de um período inflacionário que duraria por muitos anos.

O plano previa um empréstimo norte-americano da ordem de 300 milhões de dólares, mas o governo dos EUA condicionou a liberação dessa soma à aprovação do Fundo Monetário Internacional (FMI).

Atingindo a década de 1960, o Brasil alcançou patamares de desenvolvimento econômico expressivos que se contrapunham aos problemas sociais que vinham sendo criados. O processo de desenvolvimento se mostrava, de certa forma, falho, atingindo apenas algumas parcelas da população. Já se desenhava uma concentração de riquezas que não poderia ser mais postergada pelas ações conciliatórias do populismo. Passado o breve período – mas de muitas manchas – do governo de Jânio Quadros (1961), o populismo teve sua última representação no governo de João Goulart, o Jango.

Antes de assumir a presidência, Jango teve de aceitar as exigências dos militares que não receberam bem sua chegada ao governo. Submetido às limitações do parlamentarismo, ele seria previamente impedido de tentar reavivar o populismo nacionalista. Mesmo assim, em 1963, conseguiu a aprovação de um plebiscito que reestruturou o presidencialismo e, consequentemente, fortaleceu a ação do poder executivo. Nesse momento, Jango conseguiu oferecer ao país um conjunto de mudanças previstas pelas Reformas de Base.

Conquistando o rápido apoio de líderes sindicais, nacionalistas e partidos políticos de esquerda, Goulart não podia mais assumir o comportamento dúbio que marcava o populismo. Os grupos de tendência conservadora se mostraram bastante desconfiados e pouco confortáveis com os projetos sociais das Reformas de Base. Com isso, em março de 1964, os militares atingiram, num só golpe, os ares da democracia e do populismo no Brasil. Começava a ditadura militar. Ditadura essa que tinha como base a cassação de direitos políticos de opositores; a repressão aos movimentos sociais e manifestações de oposição; a censura aos meios de comunicação e aos artistas; a aproximação dos EUA (controle dos sindicatos); a implantação do bipartidarismo: os famosos ARENA (pelo governo) e o MDB (pela oposição controlada); o enfrentamento militar dos movimentos de guerrilha contrários ao regime militar; o uso de métodos violentos, inclusive tortura, contra os opositores ao regime.

Só a título de curiosidade, nessa época, em Joinville, de acordo com uma edição do *Correio da Tupy* (1964), citada na tese de doutorado do reitor Sandro Murilo Santos, ocorreram grandes manifestações públicas de aclamação aos militares na tomada de poder em 1964. Em setembro de 1964, manifestações cívicas homenageavam os militares em Joinville. Uma cidade conservadora, apegada à ordem e à religião, onde, nas solenidades públicas, as autoridades civis e militares discursavam sobre o progresso que o trabalho duro proporcionava, e as autoridades religiosas falavam da necessidade de se manter a tradição e a família. Neste contexto de estabilidade política, trabalho duro e investimentos públicos e privados, sua economia atraiu um grande contingente de trabalhadores e suas famílias, crescendo a índices de 6% por ano, durante este período. Esses migrantes vinham atrás das oportunidades de trabalho que a rápida industrialização oferecia até para as pessoas mais humildes e sem instrução.

Contudo, os anos de 1960 e 1970 foram mesmo reconhecidos como "os anos de mudanças", que promoveram transformações na estrutura da produção e da sociedade, nos comportamentos políticos e nas manifestações culturais. Lutava-se contra o regime de ditadura militar implantado em 1964, contra a reforma educacional, o que mais tarde provocou o fechamento do Congresso e a decretação do Ato Institucional n. 5.

É possível que esse período de mudanças, tenha propiciado que a ETT passasse a aceitar meninas em 1974.

O país tinha virado palco da grande "massificação das informações e dos padrões de comportamento de consumo". Nos meios de comunicação, a televisão foi o principal veículo, numa década em que as redes de telecomunicações atingiram distantes regiões do país.

Nas décadas de 1960 e 1970, o chamado "movimento estudantil universitário brasileiro" se transformou num importante foco de mobilização social. Sua força surgiu da capacidade de mobilizar grandes grupos de estudantes a participar mais diretamente da vida política do país.

Composto por vários grupos organizados (os DCEs, Diretórios Centrais Estudantis), estaduais (as UEEs, Uniões Estaduais dos Estudantes) e nacionais (representados pela UNE, União Nacional dos Estudantes), o movimento, por meios diversos, tais como reivindicações, protestos e manifestações, influenciou de maneira expressiva os rumos da política nacional.

No final da década de 1950, o movimento começou a crescer com a criação de inúmeras faculdades e universidades. Num país em desenvolvimento, o acesso ao ensino superior passou a ser condição fundamental para acelerar o processo de modernização, ao mesmo tempo em que abria novos caminhos para a mobilidade e a ascensão social.

Sua expansão resultou num aumento progressivo da oferta de vagas, que foram preenchidas por jovens provenientes, sobretudo, dos estratos médios da sociedade. As matrículas cresceram a uma taxa média de 12,5% ao ano. Para traçar um panorama do aumento das vagas, basta constatar que, em 1945, a universidade brasileira contava com 27.253 estudantes, total que saltou para 107.299 no ano de 1962. Em 1968, o número de universitários dobrou, chegando a 214 mil.

O golpe militar atingiu fortemente o movimento estudantil. A influência dos grupos de esquerda levou os militares a reprimir as lideranças estudantis e a destruir algumas das principais organizações de peso. Primeiramente a UNE foi posta na ilegalidade, depois as UEEs e os DCEs.

As constantes tentativas dos estudantes de retomar o controle das organizações foram responsáveis por desencadear novas ondas de repressão política. Desse modo, pleitos educacionais e de protesto político contra o governo foram as principais bandeiras de luta dos estudantes na segunda metade da década de 1960. O ápice da radicalização dos grupos estudantis ocorreu em 1968, ano marcado por grandes manifestações de rua contra a ditadura. Enquanto isso, a ETT era reconhecida como escola técnica com visitas importantes tais como as do Presidente Humberto de Castelo Branco em novembro de 1966, do embaixador da Alemanha Ehrenfried Von Holleben e do ministro das Relações Exteriores José Magalhães Pinto em 1967.

No país, aquilo que parecia ser uma breve intervenção militar na política ganhou músculo e se transformou na forte ditadura que reprimiu quase todos os grupos pensantes e movimentos de oposição. De 1969 a 1973, a pressão chegou ao seu mais alto ponto. Nesse período, o movimento estudantil foi completamente desmontado. A maior parte dos líderes estudantis ingressou em organizações de luta armada para tentar derrubar o governo.

Em 1973, os militares derrotaram todas as organizações que pegaram em armas. Somente em 1974 começaram a surgir os primeiros sinais da recuperação do movimento estudantil. A nova geração de estudantes, que lideraram as frentes universitárias da década de 1970, teve pela frente o difícil trabalho de reconstruir as organizações.

O movimento estudantil voltou a ter alguma força somente após uma mudança importante nos rumos da política nacional. Depois da escolha do General Ernesto Geisel para a presidência da República, em 1974, começou um processo de liberalização política, que tinha por objetivo retomar os processos democráticos no país.

Só como exemplo, em 1968, aproveitando-se da intenção do governo em incentivar as empresas nacionais, a Tupy conseguiu a aprovação de financiamentos para um ousado plano de duplicação da capacidade instalada, chamado Plano D.

Em 1973, a Fundição Tupy, com a conclusão da implantação do Plano D, alcançou o número de 4.700 funcionários, reunindo 23 mil dependentes, o que significava 17% da população de Joinville. Possuía um capital de 100 milhões de cruzeiros (16,34 milhões de dólares) e pagava em impostos 13% do total gerado em Joinville, 3,2 milhões de cruzeiros (523 mil dólares) por ano.

Segundo pesquisas feitas pelo reitor Sandro em sua tese de doutorado, ainda em 1973 a Fundição Tupy beneficiou-se da aprovação de mais dois projetos: um de pequena monta, intitulado PIC (Plano de Investimentos Complementares), e outro projeto de grande proporção, chamado Plano T, que previa a triplicação da capacidade de produção que a empresa acabava de alcançar. Em agosto do mesmo ano, a Fundição Tupy criou o CPT (Centro de Pesquisas Tecnológicas), financiado pelo BNDES, e contratou especialistas da Escola Politécnica da USP, do Instituto de Pesquisas Tecnológicas e do Instituto de Pesquisas Tecnológicas do Estado de Pernambuco.

Mesmo antes da execução integral desses projetos, o Grupo Tupy divulgou números sobre seu tamanho geral, pois, além da expansão da Fundição, a empresa beneficiou-se de diversas linhas de financiamentos para investimento em outras áreas.

Em abril de 1974, o patrimônio total era de 250 milhões de cruzeiros (38,5 milhões de dólares), com 8 mil funcionários e um faturamento de 600 milhões de cruzeiros (92.166 milhões de dólares) por ano. E os números atualizados da Fundição Tupy, em Joinville, informavam que ela mantinha 6.500 funcionários e faturava 320 milhões de cruzeiros (49.195 milhões de dólares) por ano, gerando uma renda para a região de 200 milhões de cruzeiros (30.722 milhões de dólares) anuais.

O novo ideal de processo democrático foi lento e gradual e durou até o final dos governos militares. Nesse período, a volta do movimento estudantil não desencadeou ondas de repressão política como as que foram presenciadas no final da década de 1960 e início da década de 1970. A ditadura já não contava com o apoio popular e até mesmo as elites começaram a dirigir duras críticas contra o governo militar.

O ápice da retomada do movimento estudantil se deu em 1977, ano marcado pela saída dos estudantes para as ruas. Grandes manifestações de protesto e passeatas públicas mobilizararam os estudantes em defesa da democracia. As reivindicações de caráter educacional não obtiveram grande destaque. Foram as reivindicações de caráter político que se tornaram a grande força motivacional dos estudantes. Passo a passo, as principais organizações estudantis foram reconstruídas. Primeiramente surgiram os DCEs-livres, em seguida as UEEs e, finalmente, em 1979, a UNE foi recriada.

Para as instituições fora do eixo Rio-São Paulo e, principalmente, que se destinavam à formação de mão de obra especializada, de nível técnico, a pressão militar foi menor, quase nula ou até mesmo incentivadora, como já fora visto.

"O período de ditadura militar não afetou os planos da ETT. Naquele momento, os militares até ajudaram, de certa forma, no crescimento, com encomendas de peças na Tupy e em empresas da região. O movimento político, principalmente de 1964, ocorria mais fortemente nos *campi* públicos de cidades como São Paulo e Rio de Janeiro. Joinville sempre foi muito fechada e voltada para si", lembra o prof. Sylvio. Acontece que a Tupy, na época, trazia uma opção aos militares: a de atender demandas de fabricação de equipamento bélico. Esse período até aproximou mais os diretores da Tupy (e naquela época mantenedores da ETT) dos diversos níveis na escala militar. Percebi ao longo das pesquisas e papos que tudo era até um pouco facilitado para a ETT nesse período tão complexo para a educação no país.

AUMENTANDO RESULTADOS E PROBLEMAS

O DIFÍCIL DESAFIO DOS ANOS 1980 E 1990

No início dos anos 1980, o Brasil ainda vivia a ditadura militar. Porém, o então presidente Ernesto Geisel, já desde o final da década de 1970, acenava para a criação de condições de uma abertura política, mesmo que "lenta, gradual e segura", que deveria levar o país, futuramente, a algum tipo ainda não muito claro de governo civil, o que, por sua vez, pressupunha o fim do período militarista e os novos ares da democracia. Nas mãos do General João Figueiredo, durante o seu período de governo, 1979 a 1985, o país foi redemocratizado. A chamada "oposição" teve permissão para rearticular-se, o sindicalismo se consolidou em torno de novas lideranças e houve a anistia "geral e irrestrita" aos oponentes do regime que estavam no exílio.

Ao longo da década de 1980, manifestações válidas suportadas por estudantes, políticos e intelectuais resultaram no movimento "Diretas Já".

A bandeira desse movimento era a rápida e consciente promoção do processo de redemocratização do país, possibilitando a participação da sociedade civil na escolha de seus governantes. Embora as diretas não tenham tido o efeito que se esperava – uma vez que o Congresso ainda era controlado pelo governo, retardando as eleições apenas para o final da década –, mesmo que indiretamente, um presidente civil foi eleito: Tancredo Neves.

No entanto, Tancredo faleceu em 21 de abril de 1985 e não chegou a assumir o cargo para comandar a transição para a democracia, fato que levou José Sarney, seu vice, a assumir a presidência da República.

Do ponto de vista econômico, o país havia herdado os altos índices de endividamento dos períodos e dos planos de desenvolvimento anteriores, e enfrentávamos dificuldades para a rolagem da dívida por parte das instituições credoras. No início dos anos 1980, as políticas econômicas eram do tipo ortodoxas, o que significa cortar custos do governo e aumentar a arrecadação. Sob o regime militar, a União faliu, decretando a moratória, paralisando investimentos e reduzindo os gastos em todas as áreas, inclusive na social. Mesmo assim, a inflação não foi controlada, atingindo a taxa de 156% no ano de 1984 (índices do IPC/FIPE). Em 1985, o primeiro ano do governo de Sarney, a inflação estava ainda maior, atingindo a taxa de 195% no ano. Em 1986, inaugurando a fase dos planos econômicos, o governo lançou o Plano Cruzado, com troca de moeda, congelamento e gatilho salarial. Como a estrutura econômica do plano não se sustentava, ele e todos os outros magníficos e mirabolantes planos desse governo falharam de forma recorrente e em pouco tempo. O Brasil aguentou um período em que a inflação chegou à casa de 1.224% em 1989.

Com a chegada de Sarney, em 1985, as políticas começaram a se tornar heterodoxas, diferentes daquelas defendidas pelo FMI, que impunha regras duras de ortodoxia econômica ao Brasil como condição para manter seus cofres abertos às necessidades brasileiras.

Para efetuar os pagamentos da dívida externa, o governo recorria à crescente dívida pública interna e à criação de dinheiro inflacionário, o que significava que o serviço da dívida externa havia forçado o governo brasileiro a alimentar as chamas da inflação que estava crescendo. Por conta deste contexto econômico conturbado, houve tentativas de reforma monetária e vários planos econômicos foram adotados, como o Plano Cruzado, o Plano Bresser e o Plano Verão. Infelizmente, todos fracassaram ou apresentaram resultados insuficientes para manter a estabilidade econômica que chegaria apenas na década de 1990, nos governos Itamar e FHC. Assim, em contraponto aos anos anteriores, a década de 1980 ficou marcada como "a década perdida" tanto do ponto de vista econômico e do crescimento como do desenvolvimento, e terminou com uma hiperinflação.

No âmbito político, consagrou-se a Constituição de 1988, efetivando o final do período da ditadura. Isso permitiu que o país vivesse uma fase de maior participação cívica nos processos eleitorais, e na primeira eleição direta após o regime militar, Fernando Collor de Mello chegou ao poder. Venceu as eleições contra Luiz Inácio Lula da Silva apelando para bravatas como o "fim dos marajás", funcionários públicos que eram beneficiados com altos salários e aposentadorias.

Ao final da década de 1980, nem o Brasil nem o mundo eram mais os mesmos. Acabara a guerra fria e, dessa forma, ganhou corpo o modelo neoliberal de governo pelo mundo, alavancando o processo de globalização econômica. Nos anos seguintes, ampliou-se, no Brasil, o processo de abertura econômica.

Em 1990, Fernando Collor assumiu a presidência (1990 a 1992). Ele teve seu governo conhecido e reconhecido desde o primeiro dia, quando implantou, via Medida Provisória, um novo plano econômico de combate à inflação: confiscou as poupanças, iniciou as privatizações, diminuiu as tarifas de importações, planejou a demissão de funcionários públicos de vários níveis, buscou reduzir o déficit público e adotou uma política de juros altos. Essas duras medidas de restrição do crédito e do consumo, somadas às importações facilitadas e às novas tecnologias de substituição de mão de obra, levaram o país a uma grave recessão econômica e, consequentemente, a um alto índice de desemprego. Mas falhou no objetivo principal: conter os altos índices de inflação. Além da grande recessão, o monstro da inflação atingiu o surreal índice de 1.639,08% ao ano.

Todos esses fatores, sociopolíticos e econômicos, deixaram a ETT/Sociesc numa situação delicada. A instituição vivia, em grande parte, de empresas apoiadoras e de verbas do governo, e o período não era dos mais propícios nem para uma coisa nem para outra.

CONSOLIDANDO UM SONHO

COMO TORNAR VIÁVEL O SONHO DOS ANOS 1950

Os anos 1980 não deixaram saudades, mas sim visíveis prejuízos em quase todos os setores econômicos do país. "Quando assumi a presidência do Conselho da Sociesc, em 1990, o desafio era enorme, pois toda conjuntura jogava contra", coloca Henrique Loyola, empresário – fortemente atuante em Joinville – que ocupou o cargo até 1999. Nesse período, a ETT/Sociesc já não contava mais com o total apoio da Tupy e recorria a outras empresas que pudessem ser suas mantenedoras. Loyola foi o primeiro presidente do Conselho que não era da Tupy.

Loyola é natural de Joinville, nascido em 1932. Em 1955, conseguiu seu primeiro emprego no Banco de Crédito Real de Minas Gerais, como auxiliar de cobrança. De lá, foi para o Bancial – Banco Comercial do Paraná e, por conta disso, voltou a Joinville para instalar a primeira agência do banco no estado de Santa Catarina. Seu temperamento dinâmico fez com que construísse uma carreira rápida e vitoriosa. Em 1962, entra na Fabril Lepper como auxiliar de contabilidade, onde, em 1969, tornou-se diretor administrativo e liderou a criação da

Manchester S/A, empresa de processamento de dados. Dado à vida pública, em 1989 assumiu a Secretaria da Indústria, Comércio e Turismo de Santa Catarina. Na área, foi eleito senador por dois mandatos.

Ainda na Secretaria, sentiu-se muito honrado com o convite feito por Raul Schmidt para a presidência do Conselho da Sociesc. "Havia, por parte do Raul, uma grande preocupação com a continuidade da Sociesc, e o período era muito difícil para todos. Várias empresas de Joinville, assim como de todo o Brasil, sofriam as sequelas dos anos anteriores e ainda buscavam formas de recuperar o fôlego econômico... Era preciso repensar a instituição de modo que se criasse uma gestão autossustentável... Não havia outra forma", lembra Loyola.

Nesse período, Loyola fez uso de seus conhecimentos como empresário da Lepper e da Fiação São Bento e, numa ação conjunta com o prof. Sylvio, deu início a um trabalho de revitalização e expansão da Sociesc. Trabalho esse que contou com a participação ativa de outros diretores da instituição, tais como José Maria Melim, Reinoldo Miranda e do atual reitor Sandro Murilo Santos. Melim atuava como diretor geral e Sandro foi um dos principais arquitetos do projeto e ainda hoje é o líder dele, mantendo e garantindo sua atualidade e pertinência.

De forma resumida, a UniSociesc passou por três períodos bem marcantes. O inicial, de 1960 a 1980, liderado pelo prof. Sylvio e que foi marcado pela criação e persistência. Um segundo, englobando os anos 1980 e 1990, que foi de aprendizados e contou muito com pessoas como Melim, Loyola e Mario Egerland. E o de evolução, que dura até hoje sob o comando do reitor Sandro.

O conceito analisado pela equipe indicava ampliar a abrangência da escola para formação de técnica e gerenciamento de pequenas, médias e grandes empresas por meio de, entre outras ações, convênio firmado com a Fundação Getulio Vargas de São Paulo.

A FGV, como é amplamente conhecida, é uma instituição privada brasileira de ensino, pesquisa e extensão. Foi fundada em 1944 com o objetivo inicial de preparar pessoal qualificado para a administração pública do Brasil. Hoje é uma das mais disputadas escolas de administração pública e privada do país.

O momento econômico não ajudava, e as verbas públicas destinadas à Sociesc e a outras instituições, abundantes nos anos anteriores, haviam minguado de maneira mais de que expressiva. Pelas novas regras definidas na Constituição de 1988, o Governo Federal ficou proibido de repassar recursos a escolas particulares. Nesse momento, as contas da organização, de forma geral, tiveram um desempenho pífio. Isso gerou atrasos nos pagamentos de professores e de demais funcionários e fornecedores. Além disso, os professores pediam a federalização da escola, o Senai tinha planos de incorporar a escola, e a inflação ainda rolava solta. Em suma, o quadro era negro. Em seu livro, Loyola relata que, quando chegou à escola, ela vivia um período muito ruim e era preciso uma outra visão tanto de ensino como de gestão.

Assim que chegou, Loyola e o time de diretores identificaram três grandes problemas de atenção urgente: maior participação empresarial, ociosidade do patrimônio e clara necessidade de novos cursos em outras áreas de atuação. Segundo o reitor Sandro, que, à época, respondia por uma das diretorias, a nova concepção administrativa do plano discutido com o Conselho previa uma maior autonomia e responsabilidade dos novos órgãos administrativos e dos gestores.

A prestação de serviços feita a terceiros pela escola não alcançou o volume previsto pelas mesmas causas que afetavam a instituição: recessão e consequente diminuição da atividade industrial de Joinville e de todo o país. Também a assistência técnica a pequenas e micro-empresas ficou praticamente paralisada pela desativação do Programa Finep-CEAG, que financiava a atividade.

Financeiramente, o ano de 1990 foi péssimo, somando negativamente a falta de repasses de recursos do MEC, o congelamento das mensalidades por um curto período e a já citada diminuição no volume de serviços. Tudo isso originou um problema grave de fluxo de caixa, contornado com o auxílio da Prefeitura Municipal de Joinville e das diversas empresas colaboradoras.

Em março de 1990, o Centro de Mecânica de Joinville (CMPJ) foi inaugurado. Um grande marco para a Sociesc, que representa um de seus maiores investimentos nos seus anos de existência.

Como acontece em todo processo de reorganização, seu início foi dramático, com redução de vários custos e demissão de colaboradores. "Era preciso ajustar para não afundar", coloca Loyola.

A ação foi efetiva e, em 1992, já mostrava sinais positivos, com o equilíbrio financeiro atingido. Em 1993, as empresas mantenedoras e a receita dos alunos já cobriam cerca de 80% das despesas da escola. Era o momento de olhar para a frente. Era hora de planejar como atender as novas demandas de formação das empresas, elevar a produtividade e, acima de tudo, manter a qualidade tão conhecida e reconhecida da instituição. A escola sempre teve grandes nomes à frente de seu Conselho. Lá estiveram Dieter Schmidt, Raul Schmidt, prof. Sylvio, Loyola, Mario Egerland e Ernesto Heizelmann, sendo este o atual presidente.

Novos cursos, novas demandas e novas receitas. Esse era o desafio da escola. Os cursos, até aquele momento ainda muito concentrados em fundição e metalurgia, ganhavam novos tons com a criação de áreas como técnico em plástico, em eletrônica e em refrigeração. Esse importante movimento permitia também que outras empresas contribuíssem com a escola, visando ao uso dessa mão de obra bem formada. Além disso, criou-se uma melhor utilização dos espaços e dos recursos, com soluções tais como a criação de um novo período noturno com um curso voltado às pequenas e médias empresas. A grade curricular incluía disciplinas como administração de tempo, análise de valores, custos, preços e tudo mais que estava voltado à moderna gestão empreendedora.

Em 1995, a escola já dava sinais de vitalidade. O custo por aluno havia caído, as despesas estavam controladas e, de 1996 em diante, a escola só cresceu e se fortaleceu. Nesse período, a direção da escola estava nas mãos de José Maria Melim, que lembra dos momentos difíceis, das decisões penosas, das brigas sempre produtivas com o prof. Sylvio e com o Conselho. "O importante é que a escola sempre contou com o apoio de gente séria e empenhada. Acho que o fato de Sylvio agir assim acabava atraindo gente que partilhava do mesmo espírito. Sylvio e eu "brigamos muito", pois, afinal, fui o primeiro a sucedê-lo na direção. Mas, para mim, as brigas sempre foram positivas, em tom respeitoso... Aprendi muito com isso", lembra Melim.

OLHANDO PARA O FUTURO

COMO CRIAR UMA INSTITUIÇÃO SUSTENTÁVEL?

O ano de 1999 marcou uma nova e importante mudança na organização da Sociesc. O então presidente da Tupy Fundições, o sr. Mario Egerland, membro da primeira gestão profissionalizada da empresa, assumiu a presidência do Conselho da Sociesc. O prof. Sylvio Sniecikovski continuou como diretor-geral e o hoje reitor, Sandro Murilo Santos, assumiu o cargo de diretor executivo da organização.

As mudanças trouxeram novas metodologias de trabalho e novos valores administrativos. A nova gestão tinha como tarefa inicial eliminar o déficit gerado no ano anterior. Mais moderados e conservadores, o caminho natural seria uma redução brusca nas despesas e nas operações. A ideia era a de fixar esforços na Sociesc em Joinville e em negócios já desenvolvidos.

Um plano de contingência que previa, entre outras coisas, a eliminação definitiva da dívida e a busca pela sustentabilidade, fora lançado. O mercado demandava novos produtos e existia a clara oportunidade de atuar em outras praças deficientes nessa área de ensino. Ao contrário do que se podia esperar de uma ala conservadora, o Conselho apoiou a ideia de resolver a dívida e as oscilações financeiras por meio da busca do crescimento da organização pela diversificação de cursos e praças de atuação.

A medida, é claro, carregava um certo risco e, portanto, era sempre avaliada mensalmente pelo Conselho. Mais trabalho implicaria mais recursos humanos. No entanto, os custos não permitiam. Dessa forma, todos passaram a fazer mais e melhor. Uma fase de investimento numa forte crença na efetiva solução da Sociesc. E a resposta foi rápida. Em 2000, os livros já registravam bons resultados.

Segundo o reitor Sandro, uma das principais metas desenvolvidas no ano 2000 foi a elaboração do primeiro Planejamento Estratégico da Sociesc para um período de quatro anos. O plano foi conduzido pela assessoria de Planejamento Estratégico da organização e tinha como responsável direto o ex-diretor José Maria Melim. Um novo "mantra" foi estabelecido e reverberado por toda a instituição.

Missão:
Contribuir para o desenvolvimento humano e da comunidade por meio da educação e da tecnologia.

Visão:
Ser um centro de excelência e referência em educação e tecnologia.

Negócio:
Educação e tecnologia.

E foi com base nesse planejamento que a Sociesc incrementou seu processo de expansão e de reestruturação com grande sucesso.

Aprimoramento: essa era palavra de ordem. Três grandes projetos ganharam força.

O primeiro foi o projeto "Líder do Futuro", que previa reuniões quinzenais de dois importantes grupos (grupo de coordenadores e grupo de supervisores e de líderes de projetos), para tratar de assuntos que aprimorassem o modelo de gestão da organização.

O segundo movimento foi desenvolvido por meio de reuniões quadrimestrais com todos os colaboradores, em que o diretor executivo apresentava os resultados, os desafios, as dificuldades e divulgava o quadro de valores, o Planejamento Estratégico, a Política da Qualidade e outros assuntos. Em resumo, a força da transparência na gestão.

O terceiro movimento foi a criação do projeto "Café da Manhã com o Diretor Executivo". Nesse encontro, 25 funcionários são convidados a participar do café com o diretor executivo, momento em que tratam dos mais variados temas de interesse da organização ou do colaborador.

Em 2002, como se faz em toda empresa moderna, foi realizada uma reavaliação do Planejamento Estratégico e criado o quadro de valores da Sociesc. Dessa reavaliação, nasceu um importante quadro de valores para o futuro da instituição, que vem sendo atualizado com regularidade para assim acompanhar as mudanças de mercado e de negócio.

VISÃO

Ser uma organização de excelência e referência em educação e inovação tecnológica

VALORES

Crescimento e reconhecimento	Responsabilidade social	Valorização das pessoas
Crescer de forma significativa e sustentada, tendo como base o reconhecimento da comunidade	Atuar na educação, na cultura e na tecnologia, com ética e visão de sustentabilidade	Valorizar o desenvolvimento do ser humano, despertando os talentos e criando um ambiente que favoreça o exercício da cidadania

MISSÃO

Contribuir para o desenvolvimento humano e da comunidade por meio da educação e da inovação tecnológica

COMPETÊNCIA FUNDAMENTAL

Governança corporativa, gestão para resultados, excelência na educação, inovação tecnológica e capacidade de relacionamento com as organizações

Uma mostra clara do foco em qualidade e superação foi que, no período de 1999 a 2003, o número de docentes com apenas nível superior reduziu em 54%, enquanto o número de especialistas aumentou em cerca de 52% e o de doutores foi superior a 270%.

Segundo resumo apresentado na tese do reitor Sandro, a instituição mostrou claras tendências gerenciais por meio dos anos. São elas:

- A **escola empreendedora**, marcada pela característica pessoal dos seus criadores.

- A **escola do planejamento**, em que prevalecem evidências de um processo formal de elaboração estratégica.
- A **escola do aprendizado,** em que a formulação da estratégia ocorre como um processo emergente.
- A **estratégia prospectora**, em que a organização se mostra inovadora e criativa, com metas flexíveis, adequadas ao momento que vive, num mundo cada dia mais dinâmico.

O Ministro da Educação homologou em 8 de agosto de 2013, através da portaria nº714, o credenciamento do Instituto Superior Tupy/Sociesc em Centro Universitário. A transformação em Centro Universitário permite maior autonomia na abertura de cursos e vagas, tanto na modalidade presencial quanto na educação a distância (EAD), além do avanço na criação de novos programas de pós-graduação.

O sonho de transformar o Instituto Superior Tupy/Sociesc em Centro Universitário não é recente. Há treze anos, o diretor-presidente da Sociesc, Sandro Murilo Santos, ao lado de sua equipe, dedica-se a esse objetivo, conquistado pelo reconhecimento do trabalho realizado na instituição. Produzir conhecimento de qualidade e ser reconhecido pela comunidade sempre foram grandes motivadores da Sociesc, que conseguiu autonomia para expandir cursos, aperfeiçoar o aprendizado e inovar. Com esse credenciamento foi possível criar a UniSociesc.

Teorias à parte, a educação é, de fato, um processo natural. Todos nascemos aprendendo, com maior ou menor facilidade, e sabendo uma infinidade de coisas importantes. A aprendizagem é um fenômeno natural. O processo de educação deve, então, preparar as pessoas para promover a harmonia, a compreensão, a tolerância e a paz na sociedade.

Como mostram muitas teses e livros sobre o tema, a educação não é um produto que se encontra nas prateleiras dos supermercados, mas, sim, é a transmissão de culturas e de conhecimentos que recebemos e retransmitimos todos os dias.

A educação não é, portanto, mérito de um único professor ou de uma única escola, mas é o objetivo de todo docente e de toda comunidade de ensino. Ninguém pode ficar sem receber um mínimo que seja de educação formal e informal. Para aprender, para ensinar, para aprender e ensinar, para saber, para fazer ou para conviver, todos os dias misturamos a vida, o momento, os fatos com a educação.

A Constituição Brasileira de 1988 estabeleceu que "educação" é "um direito para todos, um dever do Estado e da família". Todo brasileiro deve estar voltado para a educação. Este é o princípio do papel da Educação. Mas, infelizmente, este direito é muito relativo.

Muito se fala e já se falou sobre a educação no Brasil. A educação, em todas as suas dimensões, é um desafio. O mestre Paulo Freire dizia que não se pode falar de educação sem falar de amor. O amor, que é um sentimento próprio, terno, quebra paradigmas, barreiras, e nos move para a construção de um mundo mais humano e educativo.

Dessa maneira, a educação no Brasil teve sempre personagens ilustres, que souberam amar e que fizeram da educação o que ela é hoje. Gente como o empresário Dieter Shcmidt, Raul Schmidt, prof. Sylvio, Reitor Sandro e muitos colaboradores que ajudaram a construir o sonho de ensino da ETT.

A formação do Brasil implica necessariamente a estruturação de um modelo de ensino porque, desde os primeiros anos de nossa descoberta, o país sente falta de estrutura e de investimento nessa área.

Encontramos, hoje, de um lado, a escola tradicional, aquela que dirige, que modela, que é comprometida; de outro, a escola nova, a verdadeira escola, a que não dirige, mas abre ao humano todas as suas possibilidades de ser. É o produzir contra o deixar ser. É o compromisso dos tradicionais que deve ceder lugar à neutralidade dos jovens educadores esclarecidos.

Aparentemente, temos a impressão de que o grande problema de nossa deficiência educacional se resume à questão da rigidez do modelo tradicional de ensino. Contudo, ao aprofundar nosso olhar, percebemos que a péssima qualidade de ensino presente em muitas das escolas do Brasil é devida à clara falta de uma estrutura educacional adequada, como também à desestruturação das poucas bases presentes na pedagogia tradicional.

A UniSociesc é uma grande prova disso. Soube evoluir de uma educação quase que militar no momento de sua fundação para uma educação dinâmica, atualizada e pertinente. As bases criadas pelos fundadores nunca foram deixadas de lado: mais do que ensinar, formar cidadãos conscientes e bem preparados. Essa talvez seja a grande lição aprendida pelos diversos gestores que passaram pela UniSociesc.

APRENDENDO COM O MESTRE

QUANDO A DISPOSIÇÃO CRIA INDISPOSIÇÃO

Infelizmente, na vida do prof. Sylvio nem tudo foi sempre um sonho. Ele foi envolvido num processo judicial indevido que lhe custou muito. Mas o maior prejuízo, com certeza, foi na sua saúde.

Imaginem uma pessoa que, como visto até aqui, sempre agiu da forma mais correta e retilínea possível. Um homem que, quando ingressou na vida pública, não fazia uso nem do que lhe era de direito e cumpria jornada de trabalho superior à da grande maioria de seus companheiros de área.

Justamente por ser assim, imaginava que todos à sua volta também o fossem. Não por pura inocência, mas sim por pura crença. Dessa forma, subjugou totalmente a possibilidade de ser pego de surpresa com algo indesejado. Mas, infelizmente, a vida real é assim.

E o pesadelo veio da conjunção entre educação e arte.

Joinville fora escolhida para abrigar uma escola de formação do famoso Ballet Bolshoi. A Escola do Teatro Bolshoi no Brasil é a única escola da instituição fora de seu país de origem, a Rússia. O ideal da escola é o mesmo da internacionalmente reconhecida Escola Coreográfica de Moscou.

A escola foi fundada em 1773 por um grupo de bailarinos, meninos e meninas carentes e outros cidadãos servos, formado por meio de aulas realizadas em um orfanato de Moscou, quando a capital da URSS ainda era Leningrado. A partir de 1776, esse grupo passou a integrar a companhia do Teatro Petrovski, um local construído para abrigá-los. Porém, em 1805 o prédio foi destruído por um incêndio. De 1805 a 1825, o Teatro Arbat, novo Teatro Imperial, foi o local de apresentações dessa companhia, até que, em 1824, um novo prédio foi construído no mesmo local do antigo teatro incendiado.

Em 18 de janeiro de 1825, com sua suntuosa arquitetura clássica, foi inaugurado com o nome de Grande Teatro Petrovski, que abriga a atual sede do Teatro Bolshoi, tombada pela Organização das Nações Unidas como Patrimônio Arquitetônico e Cultural da Humanidade. Com o movimento nacionalista do balé russo abandona-se a herança do balé francês com suas mitologias e começa a se valorizar a literatura e os costumes russos na criação de novas composições coreográficas.

Até a Revolução Russa de 1917, a companhia de dança do Teatro Marriinski, que após esta revolução passou a se denominar Ballet Kirov, era a mais importante no cenário da dança russa acadêmica, porém o Ballet Bolshoi habitualmente recebia as grandes estrelas da dança, reproduzindo ainda os balés do consagrado Petipa, ganhando, dessa forma, maior notoriedade pública.

No início do século XX, dirigido por A. Gorsky (1870 a 1924), o Bolshoi buscava se libertar da constante presença de Petipa em seus repertórios, desejava uma nova identidade. Com a capital se deslocando de Leningrado para Moscou, a companhia começou a receber maior incentivo do governo, podendo assim investir em seus talentos e pagar por aqueles formados pela Escola do Ballet Kirov, que, nesse século, passou a ter o mérito de formadora técnica de estilo impecável, enquanto o Bolshoi ficou famoso pela projeção de grandes estrelas, dando vitalidade ao balé russo. Naturalmente, essa diferença de trabalho gerou uma rivalidade entre as duas companhias, mas ambas com seus méritos. Muitos dos artistas do Bolshoi são formados na escola do Kirov.

Hoje, o Bolshoi possui um grande naipe de profissionais, como bailarinos, mímicos, cantores e músicos adultos e infantis. Produz, em média, quatro espetáculos por mês, entre balés e óperas.

Joinville foi a cidade escolhida pelo Bolshoi para sediar um projeto de inclusão social para crianças e jovens. A inauguração da unidade ocorreu em março de 2000, com a participação do diretor do Teatro Bolshoi, Vladimir Vasiliev, do prefeito de Joinville, Luiz Henrique da Silveira, além de autoridades, de artistas e da comunidade. Vladimir Vasiliev e Luiz Henrique da Silveira tornaram-se os patronos fundadores da instituição.

A ideia desse tipo de movimento por parte do Ballet Bolshoi começou em 1995. A finalidade era que outras nações tivessem a oportunidade de conhecer a metodologia aplicada na Rússia. Dessa forma, o diretor artístico do Teatro Bolshoi, Alexander Bogatyrev, desenvolveu um projeto que reproduzia as mesmas características da Escola Coreográfica de Moscou, em escala um pouco menor, e que podia ser replicado em vários países. Um projeto nobre de democratização da arte russa numa área em que são extremamente diferenciados.

Em 1996, a companhia do Teatro Bolshoi realizou uma turnê no Brasil, e Joinville foi incluída no programa. O espetáculo ocorreu no 14º Festival de Dança de Joinville. Os russos ficaram muito impressionados com a receptividade do público e a reverência da cidade diante da arte. Depois disso, o russo Bogatyrev esboçou propostas e ideias para montar uma unidade da escola no país, contemplando questões como aplicação da metodologia, seleção de professores e alunos, estrutura física e humana necessária e tudo mais que viabilizaria a ideia.

Infelizmente, cerca de dois anos depois, o idealizador Bogatyrev veio a falecer. Mas seu ideal era consistente: o esboço do projeto estava concluído e foi apresentado para prefeitos e diretores de instituições de ensino do Brasil. O prefeito de Joinville à época, Luiz Henrique da Silveira, comprou a ideia e comprometeu-se com o desenvolvimento da proposta. Assim, em julho de 1999, na abertura do 17º Festival de Dança de Joinville, Alla Mikhalchenko, primeira bailarina do Teatro Bolshoi, assinou o protocolo de intenções com o prefeito. Buscando desenvolver um projeto de referência, o prefeito Luiz Henrique convidou então o prof. Sylvio para integrar o Projeto Bolshoi, em decorrência de sua experiência como educador, pela sua história de sucesso na ETT, como gestor na educação municipal e principalmente por ser um nome de referência e credibilidade em Santa Catarina, para estar à frente de um projeto novo e ousado.

Entre os diversos fatores decisivos para a escolha de Joinville estavam a colonização europeia e a profunda ligação da cidade com a dança, em razão de seu tradicional festival anual.

Além disso, o então prefeito empenhou-se pessoalmente nos processos institucionais entre o Brasil e a Rússia e disponibilizou uma área de aproximadamente 6 mil metros quadrados no Centreventos Cau Hansen para instalação da sede.

Contudo, mais uma vez, nem tudo é perfeito como o balé russo. Uma denúncia pública realizada em 2004 acusava os gestores da escola de ato de improbidade administrativa na obtenção e gestão de recursos por patrocínios para a Escola Bolshoi. A acusação foi feita pelos Ministérios Público Estadual e Federal. Esse processo atingia a todos os envolvidos e, diretamente, ao prof. Sylvio, na época secretário municipal de Educação e Cultura e presidente do Instituto Escola do Teatro Bolshoi no Brasil.

O professor, que sempre fez com que todos dançassem conforme a música, fora pego de surpresa por um acorde mal-interpretado.

Em 2004, o Bolshoi no Brasil já estava consolidado, já era uma importante referência e formava muitos bailarinos de destaque e importância no meio. Para conseguir manter uma escola custosa como essa eram necessários recursos advindos de patrocínios. Uma das empresas colaboradoras à época eram os Correios.

No entanto, o Ministério Público entendeu que, por se tratar de empresa e verba públicas, os Correios não poderiam firmar essa parceria.

"Não tendo ocorrido o alegado dano ao patrimônio público noticiado nos autos, tampouco demonstrada a ocorrência de fraude ou irregularidade na obtenção da verba de patrocínio junto aos Correios, restam afastadas as acusações impingidas aos demandados", diz o texto conclusivo da decisão, que julgou em primeira instância totalmente equivocado e improcedente o pedido dos autores.

O prof. Sylvio Sniecikovski disse ao jornalista Claudio Fernandes no *Notícias do Dia*, em entrevista dada em outubro de 2013, estar feliz com a sentença e descartou qualquer ação de reparação. Agora resta aguardar a sequência do processo, com a máxima serenidade possível, sempre acreditando que a justiça deverá ser feita.

Mas as marcas da tortura moral carregada por cerca de dez anos não vão mais embora. Mesmo incentivado fortemente por amigos, o prof. Sylvio não pensa em reparação. "O importante é que a verdade venha à tona e eu possa dormir em paz. Eu e toda a minha família, que também foi fortemente abalada por esse processo", reafirma o professor.

Isso só mostra, mais uma vez, o estilo Sylvio de ser. É mais uma lição do querido mestre. Ele sempre reforça que, independentemente dos problemas que o Ballet possa ter lhe gerado, o mais importante é que a escola é uma iniciativa supervencedora, um exemplo, digna de aplausos aqui e em todo o mundo. Assim como acontece com o Bolshoi.

UMA VIAGEM SEM FIM

E A LUTA CONTINUA

De certa forma, chegamos ao final de nossa viagem. Por que digo "de certa forma"? Porque, ao ver o entusiasmo do reitor Sandro, do prof. Sylvio e de tantos outros que colaboraram com este livro sobre o futuro e a continuidade da UniSociesc, entendo ser uma viagem sem fim.

Há todos os dias um leão para matar. Afinal, o mundo é assim. Vivemos em um mundo cada dia mais agitado, em que a única constante é a mudança.

De forma geral, por conta da necessidade de uma mudança de conceitos e de metodologias de ensino, a preparação dos profissionais do futuro e as rápidas transformações na sociedade têm sido temas discutidos por todo o meio acadêmico. Infelizmente, a maioria das instituições de ensino não prepara os alunos para o empreendedorismo nem para enfrentar a realidade da vida, seja ela empreendedora ou corporativa. Em consequência disso, muitas vezes parece existir uma lacuna entre instituições e empresas.

Em 2013, o investimento do Governo Federal em educação básica superou os 25 bilhões de reais. Em 2012, 48 bilhões de reais foram destinados ao setor, de acordo com dados do Tesouro Nacional. Mesmo assim, em 2013, o país ficou em penúltimo no *ranking* que mede o desempenho educacional de 40 países.

O *ranking*, divulgado no início de 2013 pela Pearson Internacional, faz parte do projeto "The Learning Curve" ("Curva do Aprendizado", em inglês) e mede os resultados de três testes internacionais aplicados em alunos do 5º e do 9º anos do ensino fundamental. Finlândia, Coreia do Sul, Hong Kong, Japão e Cingapura foram os países mais bem colocados no *ranking*. Já o Brasil aparece à frente apenas da Indonésia, ficando atrás de países como Bulgária (30º) e Romênia (32º). Da América do Sul, aparecem na lista Chile (33º), Argentina (35º) e Colômbia (36º).

O índice global de habilidades cognitivas e de desempenho escolar foi criado com base no cruzamento de indicadores internacionais da Organização para a Cooperação e Desenvolvimento Econômico (OCDE): Programa Internacional de Avaliação dos Alunos (Pisa), Tendências Internacionais nos Estudos de Matemática e Ciência (Timms) e avaliações do Progresso no Estudo Internacional de Alfabetização e Leitura (Pirls), assim como dados educacionais referentes a cada país sobre alfabetização e também as taxas de conclusão de escolas e universidades.

De acordo com informações disponíveis no portal do Inep (Instituto Nacional de Estudos e Pesquisas Educacionais), cada aluno da educação infantil custava ao Estado 3,7 mil reais em 2011; aqueles que cursavam do 1º ao 5º anos do ensino fundamental, 4,3 mil reais; os que estavam entre o 6º e o 9º anos, 4,4 mil.

Para cada universitário brasileiro na rede pública, o investimento era de cerca de 20,6 mil reais dois anos atrás.

Levando-se em conta os valores da época, a formação educacional completa de um cidadão estava orçada em mais de 145 mil reais. A educação cara contrasta com o pequeno orçamento do ministério. O órgão oficializou que dispunha de 92,8 bilhões de reais para investimentos em 2013 – o que significa um crescimento de 189% em relação a 1996. Entretanto, o valor representa apenas 4% do total do orçamento da União.

Apenas 0,6% das escolas brasileiras têm infraestrutura próxima da ideal para o ensino, isto é, têm biblioteca, laboratório de informática, quadra esportiva, laboratório de ciências e dependências adequadas para atender a estudantes com necessidades básicas. O nível da infraestrutura avançada inclui os itens considerados mínimos pelo Custo Aluno Qualidade Inicial, índice elaborado pela Campanha Nacional pelo Direito à Educação. Já 44% das instituições de educação básica contam apenas com água encanada, sanitário, energia elétrica, esgoto e cozinha em sua infraestrutura.

O Brasil, em 2013, foi o país com menor gasto por aluno nas escolas de Ensino Médio entre 32 nações com dados analisados pela OCDE. O balanço faz parte do relatório Education at a Glance ("Panorama da Educação").

O documento destaca que o investimento público brasileiro em educação cresceu significativamente na última década, passando de 3,5% para 5,6% do PIB, entre 2000 e 2010. Ainda assim, o nível do gasto nacional permanecia abaixo da média da OCDE, que era de 6,3% do PIB. Do total de despesas públicas com todas as áreas de governo, o Brasil aparece como o terceiro país que mais destinou verbas ao ensino (18,1%), atrás somente de México e da Nova Zelândia e à frente de nações como Chile, Coreia do Sul, Suíça, Dinamarca e Austrália.

O que agrava a situação é que o país tem uma dívida educacional histórica, que se traduz em níveis mais baixos de escolarização e patamares mais elevados de repetência, evasão e analfabetismo. Ou seja, além das despesas com a atual geração matriculada nas escolas, há um gasto a mais com quem já deveria ter concluído o ensino básico e não o fez na idade prevista.

Por outro lado, em abril de 2013 foi anunciada a fusão das empresas Kroton Educacional S.A. e Anhanguera Educacional, uma transação que resultou em uma companhia cujo valor de mercado é estimado em 14,1 bilhões de reais. No total, o grupo passa a contar com 800 unidades de ensino superior e 810 escolas privadas associadas à educação básica, distribuídas em todos os estados do Brasil. Trata-se de uma sinalização forte de uma mudança que vem ocorrendo há alguns anos no ensino superior brasileiro, com a "financeirização" do setor movida pelo capital estrangeiro, exercendo um papel relevante nesta nova etapa de concentração das empresas do setor educacional no Brasil.

As mudanças na educação superior ganharam força no país, após a redemocratização, em especial depois da promulgação – como já dito – da Constituição de 1988, que disciplinou o princípio de autonomia universitária, criando um instrumento importante para as instituições privadas que era a possibilidade de não estar sob a guarda do controle burocrático do antigo Conselho Federal de Educação (CFE), principalmente em relação à criação e extinção de cursos nas sedes e ao remanejamento do número de vagas oferecidas, conforme cita Helena Sampaio, antropóloga e professora da Faculdade de Educação da Unicamp, no artigo "O setor privado de ensino superior no Brasil: continuidades e transformações", publicado na revista *Ensino Superior Unicamp*. Essa prerrogativa permitiu à iniciativa privada responder de forma mais rápida ao atendimento da demanda. Entre 1985 e 1996, o número de universidades privadas mais do que triplicou (de 20 para 64), evidenciando a percepção do setor de que instituições maiores e autônomas, com uma oferta mais diversificada de cursos, teriam vantagens competitivas na disputa da clientela em um mercado estagnado.

Consistentemente, à medida que o número de universidades particulares cresce, o de estabelecimentos isolados diminui, evidenciando processos de fusão e/ou incorporação de instituições no setor em todo o país por diversas fontes, estrangeiras ou não.

Segundo o texto de Fabio Rizzo, publicado em diversos *sites*, experimentado inicialmente na ditadura chilena de Pinochet, o neoliberalismo foi um modelo econômico desenvolvido para resolver a crise da acumulação capitalista ocorrida na década de 1970, que tinha arrastado as taxas de lucro das empresas para níveis bastante baixos. Nos anos 1980, tal modelo alcançou o centro político do mundo, com os governos Reagan, nos EUA, e Thatcher, no Reino Unido (este último marcado especialmente pela dureza, representada no título de "Dama de Ferro" dado à primeira-ministra e em sua declaração de "Não há alternativa!"). O neoliberalismo propõe uma diminuição dos investimentos estatais em virtude do desenvolvimento de um mercado privado progressivamente desregulado, baseado especialmente no crescimento econômico do setor de serviços. Nesse sentido, a estratégia passa necessariamente pela privatização dos serviços garantidos pelo Estado, em especial a saúde e, o que nos interessa mais neste momento, a educação. O Brasil assumiu a cartilha neoliberal no início da década de 1990, período marcado pelas grandes privatizações. O discurso de gestão efetiva e moderna caiu como uma luva desde a campanha de 1989, quando Collor pregava a "caça aos marajás", ou seja, a modernização da gestão pública brasileira que estivera atravancada por elementos de uma burocracia antiga e predatória a ser substituída por um corpo de técnicos alinhados às tendências econômicas da moda. Com a adoção do modelo neoliberal, a reestruturação econômica brasileira foi guiada pela cartilha dos organismos financeiros internacionais, como o FMI, o Banco Mundial e o Banco Interamericano de Desenvolvimento (BID). Tais instituições estabeleciam regras restritas a serem aplicadas e metas a serem alcançadas. Várias delas destinadas à educação.

Isso é Brasil! E por isso instituições privadas comprometidas com o ensino e com a qualidade, como a UniSociesc, ganham mais força em todo o cenário nacional.

Dei aula por muitos anos, sempre em instituições privadas. Continuo vivendo o mundo acadêmico por meio de palestras, grupos de estudo e até mesmo por conta de filhos. Muito do que assisto me deixa profundamente preocupado. Coisas que vão do simples descaso à total irresponsabilidade. Cursos fantasiosos que "formam" universitários instantâneos e que para muito pouco servem. Poucas são as iniciativas de valorização do ensino técnico que um país com as dimensões do Brasil tanto precisa. Por que tantos universitários mal formados em vez de técnicos bem preparados?

Mas não foi essa a realidade que encontrei ao me debruçar nas pesquisas para a realização deste livro. Encontrei uma instituição moderna na mentalidade e na gestão desde os anos 1950. Uma escola que não só forma como também molda, no melhor sentido da palavra. Uma escola que cria seguidores, discípulos e admiradores.

É importante que os educadores e as instituições de ensino unam forças não apenas para levar o conhecimento teórico, mas também para incentivar a prática do aprendizado na vida, sempre de forma holística.

Este é um desafio que pode ser aplicado em todas as áreas do conhecimento, sejam elas humanas, exatas ou biológicas. Estimular os alunos a pensar como cidadãos com uma enorme abrangência de relações e responsabilidades. Incentivá-los a colocar em prática o que aprendem e a superar alguns desafios práticos.

Este é um desafio que vi sendo dia a dia vencido pela UniSociesc nesses seus 55 anos de vida. Como diz um amigo meu: "Sempre choveu, mas nunca teve mau tempo". Ou seja, a UniSociesc sempre soube lidar com as adversidades e se reinventar, mantendo seus pilares fundamentais.

A razão disso é o constante reconhecimento público, nacional e internacional que a UniSociesc vem recebendo: foi escolhida como melhor Instituição de Tecnologia do Sul do país pelo próprio Ministério da Ciência e Tecnologia; ganhou o Prêmio Elpídio Barbosa, concedido pelo Conselho Estadual de Educação de Santa Catarina; e foi homenageada pelo grupo alemão GTZ pelo sucesso da cooperação Brasil/Alemanha.

Qualidade, crescimento e sustentabilidade são palavras recorrentes no discurso de Sandro, que vislumbra para o curto e médio prazo a abertura da Escola Internacional de Florianópolis, a abertura da filial em São José/SC, a construção do Prédio da Arquitetura e do Prédio da Escola Internacional, ambos em Joinville, e mudanças no organograma da instituição, entre outras grandes medidas.

Finalizamos com uma frase do prof. Sylvio, que me foi colocada logo no início do projeto. "Francisco, neste livro não existe o 'eu', só o 'nós'. Não teríamos chegado aqui não fosse sempre um esforço conjunto, muita disposição e disponibilidade para lidar com os bons e com os maus temas."

Espero que esta viagem siga em águas calmas, contando sempre com bons comandantes e marujos.

IMAGENS

Hans Dieter Schmidt, criador da Escola Técnica Tupy (ETT).

Raul Schmidt, criador da ETT.

Sylvio Sniecikovski, construtor e gestor da ETT.

Sede da ETT, instituição construída por Sylvio e equipe a partir do ideal de Dieter e Raul.

Corpo docente da ETT na década de 1960.

Irineu Dressel

Berend Snoeijer

Jacob Reimer

Waldemar Merkle

1ª turma de técnicos em Metalurgia formada na ETT.

Corpo docente da ETT na década de 1970.

Desfile de alunos da ETT na década de 1970,

Visita à ETT do Presidente da República do Brasil, Castelo Branco, em 1966.

Entrega oficial dos equipamentos para os laboratórios da ETT, com a presença do Ministro Magalhães Pinto e do Embaixador da Alemanha Ehrenfried von Holleben, 1969.

Visita à ETT do Presidente da República do Brasil, Emilio Garrastazu Médici, em 1974.

Helicóptero do Ministério da Aeronáutica pousa no campo da ETT ,em 1973, com a equipe da Aeronáutica especialmente para fazer o pedido oficial ao prof. Sylvio para a construção da réplica do avião 14 BIS.

Sylvio Sniecikovski, Jacob Reimer e Djalma Sartori, responsáveis pelo projeto do 14 BIS na ETT, orgulhosos com a réplica do avião construída em bronze, escala 1:50.

Raul Schmidt recepcionando Armando Hildebrand e Jorge Alberto Furtado, diretores do Ensino Industrial do Ministério da Educação (MEC). ETT recebe visita e é referência ao MEC no âmbito nacional pela qualidade na educação e formação profissional.

Posse de Sylvio Sniecikovski como Secretário de Educação do Estado de Santa Catarina no Governo de Pedro Ivo Campos, em 1987.

Visita do Ministro da Ciência e Tecnologia Luiz Henrique da Silveira, do Governador Pedro Ivo Campos, do prefeito Wittich Freitag, Raul Schmidt e de outras autoridades na década de 1980.

Visita à ETT de diretores da FIESC, do Senai Nacional e do Senai Regional.

Sylvio Sniecikovski em Seção Cívica no 62º BI.

Sylvio, Raul, Loyola e Dieter em cerimônia na ETT em 1979.

Visita à ETT do Ministro de Ciência e Tecnologia Prof. José Israel Vargas, do Prefeito Luiz Henrique da Silveira e Sylvio Sniecikovski, década de 1980.

Prof. Sylvio Sniecikovski e Luiz Henrique da Silveira, Prefeito de Joinville, em visita ao Ministro da Educação, José Goldemberg. Década de 1980.

Sylvio Sniecikovski e Luiz Henrique da Silveira, Prefeito de Joinville, em assinatura de convênio com o MEC com o Ministro Paulo Renato. Década de 1980.

Sylvio Sniecikovski e o Prefeito Marco Tebaldi, recebendo prêmio de inovação em gestão educacional do MEC, em Brasília, 2006.

Prof. Sylvio em discurso no auditório da ETT: sempre presente...

Sylvio Sniecikovski com a esposa, Ursula, recebendo o título de Cidadão Honorário de Joinville em 2007.

Prof. Sylvio e família na entrega do título de Cidadão Honorário de Joinville em 2007.

Prof. Sylvio, Prof. Sandro, Prof. Roque e Prof. Romeu na entrega do Prêmio Educador Elpídio Barbosa para a Sociesc.

Diploma do Mérito

Princesa Dona Francisca

O Prefeito de Joinville, no exercício de suas atribuições e em conformidade com a Lei nº 4060, de 20 de dezembro de 1999, confere ao Exmo Senhor Sylvio Sniecikovski, Secretário Municipal de Educação, a Medalha referente ao Mérito Princesa Dona Francisca, em reconhecimento à sua distinção e às relevantes contribuições para o engrandecimento do Município.

Sylvio Sniecikovski

Joinville, SC, em 04 de julho de 2008

Marco Tebaldi

Rodrigo Bornholdt

Benemeritum Praemium

Diploma de Mérito: Princesa Dona Francisca, 2008.

MEDALHA DO MÉRITO

Anita Garibaldi

(Criada pelo Decreto SEA Nº 110, de 04 de Abril de 1972)

ANITA GARIBALDI

Decreto Nº: MM/326/09

Outorga Medalha do Mérito Anita Garibaldi, Categoria Bronze

O GOVERNADOR DO ESTADO DE SANTA CATARINA, usando da competência privativa que lhe confere o artigo 71, inciso III, da Constituição do Estado e nos termos do artigo 1º do Decreto N-SEA-4-72/nº 110, de 04 de abril de 1972, com a redação dada pelo Decreto nº 289, de 16 de julho de 1991, outorga a MEDALHA DE MÉRITO ANITA GARIBALDI, categoria BRONZE à

Sylvio Sniecikovski

pelos relevantes serviços prestados ao Estado de Santa Catarina.

Florianópolis, 30 de novembro de 2009.

Luiz Henrique da Silveira
Governador do Estado

João Luiz Botelho - Cel PM
Secretário Executivo da Casa Militar
Secretário do Conselho da Medalha Anita Garibaldi

Medalha do Mérito Anita Garibaldi, 2009.

Prof. Sylvio, recebendo o Prêmio Educador Elpídio Barbosa em 2012.

Os pais Estanislau e Sophia, e a irmã Lydia Sniecikovski.

Prof. Sylvio com filho o Luiz Roberto e os netos Alexandre, Gustavo e Luiz Eduardo.

Homenagem da Fundição Tupy ao Prof. Sylvio.

Prof. Sylvio, Prof. Sandro e Prof. Roque, em cerimônia de formatura em 2001.

Prof. Sylvio, Prof. Sandro e o Prefeito Marco Tebaldi em assinatura de convênio.

Prof. Sylvio e o Presidente da ACIJ, Udo Dohler, em comemoração à definição da implantação da UFSC, em Joinville.

Inauguração da Escola Municipal Prof. Sylvio Sniecikovski, com o Prefeito Marco Tebaldi e equipe de docentes, 2007.

Prof. Sandro durante a apresentação do planejamento estratégico da instituição aos gestores e autoridades.

Prof. Lopes, exemplo de disciplina, junto com alunos da ETT.

Loyola abrindo seminário de Mecânica, década de 1990.

Discurso do Prof. Sylvio na comemoração dos 45 anos da Sociesc.

Prof. Sandro Murilo Santos (centro) fez questão de convidar o Prof. Sylvio Sniecikovski, o Prof. José Maria Melim, o Sr. Ernesto Heinzelmann e o Sr. Mário Egerland, em agosto de 2013, para a reunião de direção. Na ocasião, comunicou e agradeceu a todos pela conquista do Centro Universitário, momento especial de comemoração pelo nascimento da UniSociesc.

O primeiro professor da ETT, Sr. Oswaldo Pereira, prestigiando o Prof. Sandro Murilo Santos na solenidade de posse como Reitor, 2013.

Prof. Sandro Murilo Santos presta homenagem especial ao Prof. Sylvio Sniecikovski, juntamente com o Sr. Ernesto Heinzelmann, durante a solenidade de posse como Reitor da UniSociesc, 2013.

O presidente da fábrica BMW em Araquari, Sr. Gerald Degen, proferiu a palestra “Produção BMW pelo mundo: modelos e estatísticas” durante a Semana da Engenharia Mecânica na Sociesc, que agregou o 1º Encontro Brasil-Alemanha em Santa Catarina. Foi um sucesso de público, mais de 400 pessoas prestigiaram o evento, 2013.

A Presidente Dilma aplaude os homenageados pela Finep.

O pró-reitor de pesquisa da UniSociesc, Prof. Dr. Edgar Lanzer (1º a partir da esquerda, fila do meio), durante a cerimônia de entrega do Prêmio Finep de Inovação, como instituição de ciência e tecnologia, no Palácio do Planalto em 4 de dezembro de 2013.

Este livro – composto em Scala no corpo 11,5/17,5 – foi impresso sobre papel offset 90 g/m² pela gráfica RR Donnelley, em Barueri – SP, Brasil.